姜文清　1982年云南大学中文系本科毕业，1989年云南大学文艺学硕士研究生毕业，1997年南开大学日本文化史博士研究生毕业。云南大学文学院教授。1996年和1998年，分别应邀到日本早稻田大学和国际交流基金大阪国际中心访学与研修。发表有《佛教影响与中日审美意识》《儒家影响与日本审美意识》《“物哀”论考》《“物哀”与“物感”》《“寂”与“兴趣”》《“幽玄”与“神韵”》等论文。著有《东方古典美——中日传统审美意识比较》，编译有《日本俳句长编》《日本古代和歌400首——从上古到平安时代前的日本和歌》《日本中古和歌500首——平安时代的日本和歌》《日本中近世和歌500首——从镰仓到江户时代的日本和歌》《日本近代和歌400首——从明治到昭和前期的日本和歌》等作品。

所译日本短歌主要相关书：

1.[日]伊藤信吉等编：《日本的诗歌29·短歌集》，中央公论社1979年版。

2.[日]武田祐吉、[日]土田知雄编著：《通解·名歌辞典》，创拓社1990年版。

3.和歌文学讲座第8、9卷，和歌文学会编，[日]会长久松潜一：《近代的歌人Ⅰ、Ⅱ》，樱枫社1969年版。

4.和歌文学讲座10、11卷，和歌文学会编，[日]会长久松潜一：《秀歌鉴赏Ⅰ、Ⅱ》，樱枫社1969年版。

5.[日]秋山虔等编：《日本名歌集成》，日本学灯社1988年版。

地轉天旋脱亞入歐事戰火連連教語之下耕向向外佳歌仍在數十年間禍福高止歸何處寫人事怨悱還延叙情言隱思湧泉深意別裁飛機大廈新鮮飄詠花鳥貌悄然迴旋民生苦難小林逝歌出普羅悲憤難掩我欲抗戰犧牲志冒炮火奮勇向前奏凱旋九州換了新天

惜黃花慢一首

壬寅初夏

下闋第五句脱一去字

編譯日本近代和歌四百首緣作 姜文清并書

自撰并书《惜黄花慢》词一首。见本书后记。

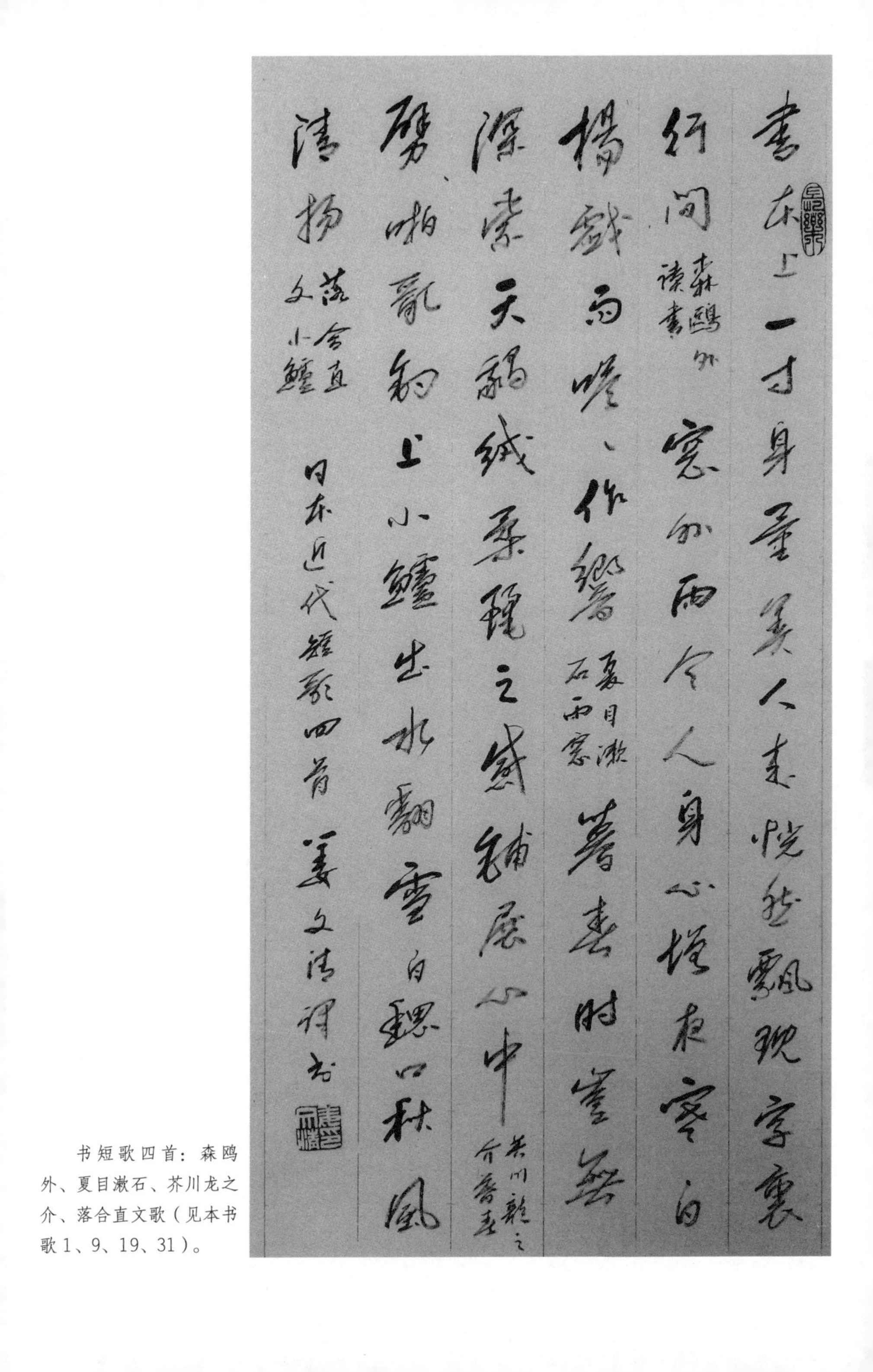

书短歌四首：森鸥外、夏目漱石、芥川龙之介、落合直文歌（见本书歌 1、9、19、31）。

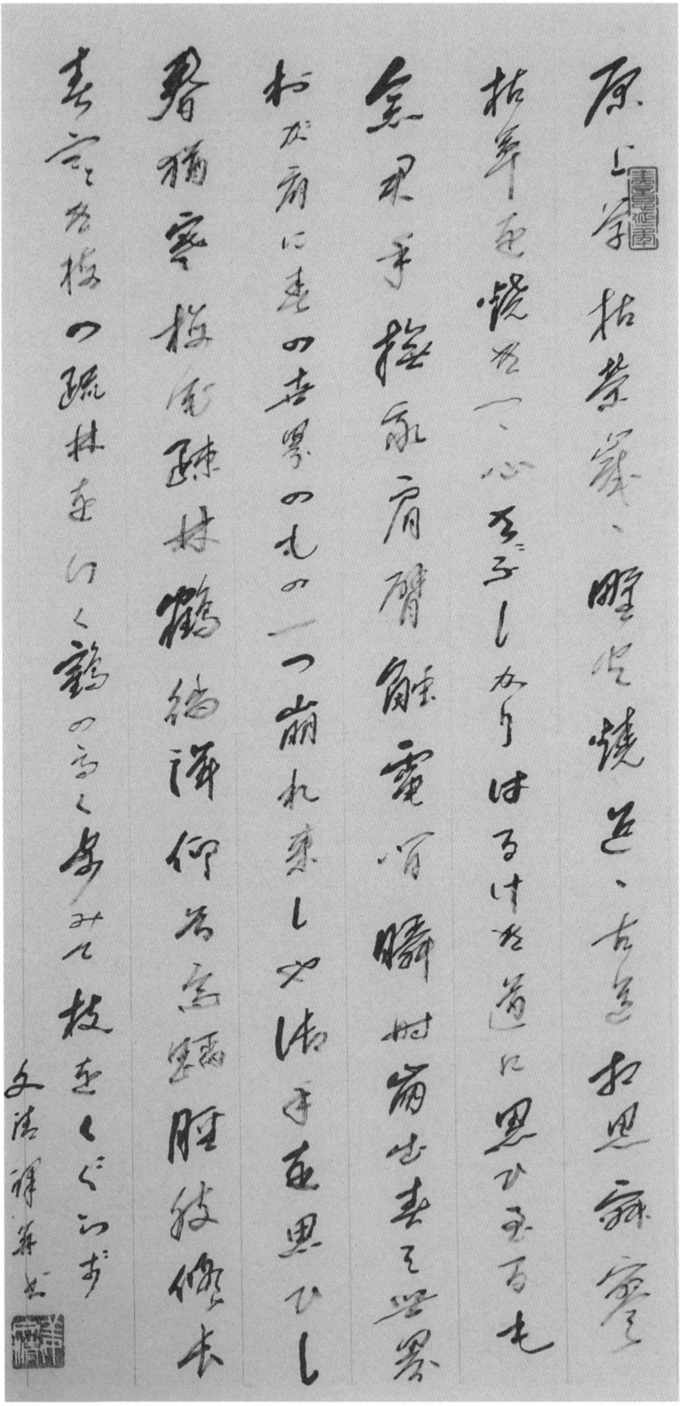

书和歌译文及原文3首：平福百穗、与谢野晶子、中村宪吉之歌作（见本书歌118、126、315）。

日本近代和歌400首

——从明治到昭和前期的日本和歌

姜文清 编译

云南出版集团
云南人民出版社

图书在版编目（CIP）数据

日本近代和歌400首 ： 从明治到昭和前期的日本和歌/ 姜文清编译. -- 昆明 ： 云南人民出版社, 2023.6

ISBN 978-7-222-21905-2

Ⅰ. ①日… Ⅱ. ①姜… Ⅲ. ①和歌－诗集－日本－近代 Ⅳ. ①I313.24

中国国家版本馆CIP数据核字(2023)第078614号

责任编辑：刘　焰
助理编辑：李明珠
创意设计：李乐乐
责任校对：李　红
责任印制：窦雪松

RIBEN JINDAI HEGE 400 SHOU
——CONG MINGZHI DAO ZHAOHE QIANQI DE RIBEN HEGE

日本近代和歌400首
——从明治到昭和前期的日本和歌

姜文清　编译

出　版　云南出版集团　云南人民出版社
发　行　云南人民出版社
社　址　昆明市环城西路609号
邮　编　650034
网　址　www.ynpph.com.cn
E-mail　ynrms@sina.com
开　本　889mm×1194mm　1/32
印　张　12
字　数　270千
版　次　2023年6月第1版第1次印刷
印　刷　云南出版印刷集团有限责任公司华印分公司
书　号　ISBN 978-7-222-21905-2
定　价　65.00元

如需购买图书、反馈意见，请与我社联系
总编室：0871-64109126　发行部：0871-64108507　审校部：0871-64164626　印制部：0871-64191534

云南人民出版社微信公众号

序

段炳昌

姜文清教授这部最新译著《日本近代和歌400首——从明治到昭和前期的日本和歌》，加上此前先后出版的《日本俳句长编》《日本古代和歌400首——从上古到平安时代前的日本和歌》《日本中古和歌500首——平安时代的日本和歌》《日本中近世和歌500首——从镰仓到江户时代的日本和歌》，共五部。其中和歌翻译凡四部，1800多首，从古代到现代（1950年），日本和歌的主要精粹尽收其中，构成了一个浩瀚、完整的日本和歌中译体系。这几部译著，不仅列出日文原文，进行翻译，而且对每首和歌的写作背景、内容、寓意和风格进行了评价，有着很强的解读、赏析和研究意味。与一般的翻译不同，这无疑大大增加了工作量。这样一个浩大的翻译工程，不假借任何他力，竟完成于姜文清教授一人之手，比较当今写本书、做个课题，甚至写篇文章都需要团队，前呼后拥，乌泱泱署上众多姓名的学界文坛，真令人感到惊奇，令我倍感钦佩！

这部《日本近代和歌400首——从明治到昭和前期的日本和歌》翻译、注释和点评的主要是从日本明治三十年（1897年）到1950年50余年间的代表性和歌作品。日本在明治时期实行变法维新，学习西方走工业化道路，文学也发生了巨大变化，这在和歌的创作中也得到了体现。

正如姜文清教授在本书“前言”中指出的那样，日本在这一时期出现了很多和歌的诗社或团体，涌现了许多出色的和歌诗人，其中还可以看到我们比较熟悉的森鸥外、夏目漱石、芥川龙之介等大家的和歌作品，还有普罗文学家的作品。这个时期和歌的题材、内容、表现形式、艺术追求和风格都出现了新变化，总体而言就是“在保持、发扬和歌的‘风雅’的诗意传统，体现‘余情’韵味”的同时，学习西方的理论和方法，在表现新的思想和内容，“开掘西方等世界性题材、意味的基础上，有了新扩张、新发展”。

这种变化，在很多作品中就可以感受到，比如夏目漱石作于1902年创作的和歌《阿苏山二首（其一）》：“红与黑，两根烟柱，直立中。秋意高处，双双在空。”红黑两柱，强烈的色彩对比，突兀耸立的意象，给人一种沉重的压抑感。这应该是日本工业化初期原始资本疯狂扩张给予诗人的视觉冲击和压力，这当然和以前时代那些闲适的和歌是有所不同的。

又如，尾上柴舟的和歌：“吊床软，海涅情诗，春梦酣。叶间天使，莫要窥探！”依然可以感受到传统和歌的那种清雅的境界，“叶间天使”即日本树神“守叶之神”，但“吊床”“海涅情诗”，也明显透露出西方文学的影响，“写了甚有洋气时髦风的生活情调和浪漫恋情，表现出新时尚与和歌的融汇”。

再如中城文子的两首和歌：“手术刀，过去现在，已切开。胎儿踢动，似觉犹在。”“失去的，我的乳房。如冬日，一座山丘，枯花装饰。”是写接受乳腺癌手术被切去乳房后的伤痛之情，读起来已很有些现代主义的意味了。

姜文清教授的这部译著，继续坚持他的翻译方法和美学追求，仍然采用他独创的那与众不同的诗歌形态，即采用3、4、3、4、4，五句十八字的方式，一方面能够体现日本和歌错落句式的意味，另一方面创制的这种类似于中国“词”一样的长短句，赋予文字形式一种音乐感，能很好地传达和歌那种如歌如泣、似断似续、一唱三叹、回环往复的味道，又切合中国读者的阅读经验和审美习惯。

同时，姜文清教授对每个和歌作者的生平做了要言不烦的简介，对每首和歌都做了精要的注释和点评。只是比起以前的几部译作，翻译更加圆熟流畅，点评更加精湛。这里，我忍不住要拈出几例略加欣赏。

森鸥外是日本著名作家，是日本近代文学的奠基者之一，姜文清教授的这部译著将其列为第一个作者，和歌也是本书的第一首：“书本上，一寸身量，美人来。恍然飘现，字里行间。”点评：“以‘我之百首’为题，共载于1909年之《昴》杂志，此为其中之一首。这些歌作，乃是‘应杂志之托请，一气而咏作’（《沙罗之木》序）。

浪漫气息跃然纸上，与小说风的材料运用、故事构成、话语风调，也很吻合。中国有‘书中自有黄金屋’‘书中自有颜如玉’的诗语，日本有‘一寸法师’的传说，此歌妙于运用，以一歌展现动人的情景。”

日本近代文学的另一个奠基人夏目漱石，鲁迅评价他的著作“想象丰富，文辞精美”“轻快洒脱，赋予机智”，他的长篇小说《我是猫》有多种中文译本，受到中国读者的欢迎。如果不是姜文清教授这部著作，我还不知道夏目漱石的和歌竟是那样出色。分别看看其翻译和点评，翻译：“如有情，云中之月，应长照。沧桑人世，垂垂渐老。”点评：“夏目漱石的创作，以清醒的现实主义和精深的人性分析而著称。其歌作也体现出这一特点。‘老’，在这里说的当然不是自然状态，而是社会、思潮的固化与僵滞。夏目漱石正表达出对此的不满。”

再看一首：“山林人，今朝锦衣，着身上。雨水红叶，襟袖色染。”点评：“题为：山居观枫，作于 1889 年 11 月。着眼于雨水把红叶的颜色染在了衣袖之上，突出红叶的色调之浓、之美。与前代的名歌，有着相通的情调。藤原公任歌：岚山晨，山风寒处，红叶飘。无有一人，不着锦袍。”

另一位为中国读者熟知的日本小说家芥川龙之介，鲁迅直接翻译过他的小说，他的和歌也是出乎意料的好。也分别看看其翻译和点评，翻译：“跋涉过，万水千山。心之悲，来自都市，大街流浪。”点评：“跋涉与漂泊，不过是人生的旅途，虽艰难却正常。在都市街道上孤独踟蹰，才是人生在世真正的悲凉。悲伤，与其说由于漂泊千山万水，不如说是因为一个人在都市大路上走。”

又一首：“初月细，你有似于，小指甲。轻柔掐压，感觉至佳。”点评：“名作家的感触能力的集中体现：多样的感受，化为一个点、一个敏锐的感觉，呈现于人。使你产生类同于这种奇妙的超能力的感触。细月—小指—轻掐—柔美。原文的‘二日月’，即初二日的月亮。二日之月，你比小指甲轻柔的刺压更温柔呢！”

再看一首：“水墨画，洒脱题诗，长长垂。淡墨藤花，倾侧如坠。”点评：“题词为：‘观寒木堂所藏书画’二首之二（原注：寒木堂，未详）。并未直接写所画为何（译歌设想为藤花）、所题诗如何、画者为谁，而是直写题诗的长条形章法与花的形态的相通相似，以感觉印象的抒写，给人新异的感受。试设想，如吴昌硕、齐白石的画作、题款的风貌。”这样的翻译和点评，读起来真令人悦目赏心，心旷神怡。

可以看出，姜文清教授在对原作的创作背景、基本内容、思想、意境、手法等方面的把握准确而透彻，翻译和点评字斟句酌，字字珠玑，不唯翻译富于韵味，就是点评也很有诗意，极类文辞优美、内涵深厚、诗意盎然的散文诗。我认为，姜文清教授的翻译和点评可望成为日本和歌汉译和点评的经典。

前面说到，这部《日本近代和歌400首——从明治到昭和前期的日本和歌》中的作品主要产生于1897年到1950年的五十余年间，也是日本的近现代时期。随着明治维新的成功，日本很快走上了工业化、现代化的道路，同时也走上了军国主义的道路，对外扩张侵略，给中国人民及其亚洲各国人民造成了巨大伤害，最后以战败投降告终。从1894年到1905年短短的十年多时间内，日本“由一群没有抵抗能力的无名小岛变成了近代帝国，还打败了中国和俄国”[①]，这对中国知识分子和有识之士产生了极大的震撼，产生了“日本可以成功、中国也可以成功的观念”，于是每年都有大量人员到日本留学或考察，“前后有好几十万”。[②]他们当中一大批杰出人士在中国近现代史的舞台上有过重要影响，比如孙中山、梁启超、秋瑾、章太炎、陈独秀、李大钊、董必武、周恩来等人，文学方面就有王国维、鲁迅、周作人、郭沫若、郁达夫、田汉、夏衍等人。清末云南留日学生在日本创办《云南》杂志，宣传推翻帝制、图存救亡，在当时有着重要影响。在云南辛亥革命、护国运动中起领导和骨干作用的也主要是留日学生，比如蔡锷、李根源、唐继尧、李烈钧等人。

可以说，姜文清教授的这部译著涉及的这个时期，是中日关系最为复杂，也是中日文化交流最为频繁，是

---

① 约翰·惠特尼·霍尔著：《日本——从史前到现代》，邓懿、周一良译，商务印书馆1997年版。

② 郭沫若：《中日文化的交流》，见《豕蹄内外》，浙江人民出版社1998年版，第51页。

值得关注和研究的时期。就文学而言，鲁迅等人将日本森鸥外、夏目漱石、芥川龙之介、厨川白村、有岛武郎、江口涣、菊宽池、小林多喜二等的文学作品或理论著作翻译介绍到中国，对中国现代文学产生了较大的影响。这个时期的日本和歌是否对中国现代文学有影响？由于手头缺乏相关的资料，我无法做出明确判断。但李叔同《送别》（3、3、5、7、5）、《早秋》（7、7、7、5）那样长短句形式的新诗，我觉得很有宋词小令的味道，也接近和歌的风味，有可能也受到和歌的熏染。和歌历史上受到中国词（曲子词）的影响，在现代又反过来对留学日本的中国诗人有所熏陶，也是可能的。日本和歌与中国现代文学包括现代诗歌的关系，应该是一个可以继续探讨并且会有新发现的问题。

这里，我想说的主要意思就是，通过姜文清教授译注的这些近现代时期的和歌，不仅可以了解日本此期和歌的发展状况、思想倾向、特点和风格，同时可能是探讨近现代中日文化交流的又一个窗口。这应当是姜文清教授这部著作出版的又一个意义。

说到文化交流，在当前形势下尤为重要。当前，由于日本追随美国多方围堵中国，遏制中国高科技产业发展，插手台海问题，造成了中日关系的日趋紧张。在这样一种态势下，就越发需要加强民间的文化交流，加深相互了解，通过民间渠道努力化解矛盾冲突。一方面，要把中国现当代文学艺术的优秀成果推介出去，另一方面把日本文化的优秀成果译介到中国。对于日本这样一个隔水相望的邻国，对于这样一个曾经严重伤害过我们但又无法避免交流的发达国家，我总觉得我们对日本的研究了解还是不够深广的。

二十多年前，因为校点注释梁启超《乙丑重编饮冰室文集》的需要，我到学校图书馆借阅与日本相关的资料，结果发现相关文献资料非常有限，而有关欧美的资料就比较多，学术界确实有“贵远贱近”、轻亚洲重欧美的倾向，现在这种风气也还存在。在对日本的研究方面，就我的阅读范围而言，还没有看到中国学者能写出本尼迪克特《菊花与刀》那样深刻的论著。

八十多年前，刘文典先生说过，最令他痛心的是，一般国民甚至号称知识阶级的大学生，以及一些身居高位的人，对于日本“这个紧隔壁的虎狼太不注意，太无认识”。[①]当然，现在和当年不可同日而语，中国国力已经足够强大，日本不可能再随意践踏中国的国土了，但是危险仍在，围堵还在。因此，研究日本，了解认识日本，仍然很有必要，而译介和研究日本的历史文化就是一个必然的重要的途径。

我是从这样一个角度来认识、评价近年来姜文清教授对日本俳句与和歌的翻译及点评研究的价值和意义的。希望有更多的学者能像姜文清教授一样甘坐冷板凳、耐得住寂寞、几十年如一日潜心静气地认真研究日本文化，不断推出高质量的成果，从而力所能及地推动中日文化的交流。

姜文清教授《日本中世近世和歌500首——从镰仓到江户时代的日本和歌》书稿“后记”中有《龙山会》词一阕，2021年7月我读到了这首词，兴会感发，于是步其韵和填一阕《龙山会》，现抄录如下，以表祝贺姜文

① 《对日本应有的认识和觉悟》，载《云南日报》1942年11月27日。

清教授最新译著《日本近代和歌400首——从明治到昭和前期的日本和歌》出版：

望断扶桑远，滟滟波光，映照当年月。绵绵情未歇。春花艳，两朵妖娆同结。袅袅向人开，汉诗美，和歌映雪。看如今，秋声摇落，霜披草野。

孤军峙出南天，独立前行，逆水试豪杰。世风多逐利，谁会得，亿万沙淘微玦。东海探骊珠，挥彩笔，如磋如切。千八百，宝光赵壁，艺林喜乐。[①]

2023年5月9日于龙泉路云大住宅区

① 姜文清按：这是和我的一首《龙山会·译〈日本中近世和歌500首〉后》（见《日本中近世和歌500首》后记）的。我歌意窄，只是说“日本中近世和歌”的情况、格调。段教授此首《龙山会》，广而言整个汉译和歌的意义、价值，也并不限于说我个人的努力所为吧。

祇园钟寂灭，世事无常，暗淡平安月。管弦声消歇。有歌起，妖艳幽玄融结。恰似梦樱花，虽零落，晶莹如雪。三夕歌，秋风暮色，鹬鸣草野。

小岛已作星罗，海上白波，气度亦雄杰。歌风怀万叶。由来久，古学汉和宝玦，又唱谱新曲。朴茂处，自得真切。更生出，狂歌谐趣，町人心乐。

前　言

姜文清

从明治初年到明治三十年（1868—1897），是日本近代的开始期；这之后到大正结束（1926），是日本和歌的近代前期；从昭和时期开始到二战后（1925—1946），是日本和歌的近代后期。

一、从明治到昭和前期的和歌改良新风

日本直到明治三十年（1897），仍然延续了近世和歌的风尚，被认为是“旧派和歌时代”。在政治、经济上追赶西方，文化上也在急速卷入“文明开化”的欧化风潮中，和歌的探索也和其他众多的传统文化一样被冷落放置，唯有旧派和歌“堂上派”“桂园派”“古典派”

等存在着。以《古今和歌集》为宗，体现风雅之美，少有个性表现，泥古不化，罕见时代新风。

此后，和歌改革的理论和呼声出现，荻野由之的《和歌改良论》、佐佐木弘纲的《长歌改良论》（1887、1888），指说和歌旧作意境狭窄、歌题偏颇、言辞陈旧、缺乏活力和变化。出现了《歌林》《歌学》等有专栏发表歌作的杂志，刊登了新派歌人佐佐木信纲、与谢野宽等人的作品。著名歌人落合直文在1893年组织了朝香社，这是日本近代第一个重要的歌社。近代歌俳巨匠正冈子规连续发表了十篇《与歌人书》，郑重批评“古今”“新古今”风到近世桂园派的弊病，提出探求新形式、扩充新内容、自由地遣词造句等改良见解。

本书和歌编选涉及日本明治三十年代到大正再到昭和三十年（1897—1955），50余年间的日本短歌情况（本时期，日本和歌界习惯把这样31音的和歌称为短歌）。

这一时期，日本开始走上军国主义道路，对内镇压进步思想，迫害进步人士，对外发动侵略战争，祸害亚太地区。

执政当局，前有1890年的“教育敕语”，以“皇统”至上控制思想，中有20世纪30年代的强制“转向”，威逼人跟风法西斯强权，再有1943年强组官办“文学报国会”，强迫人替侵略战争唱“赞歌”。

但作家、小说家、诗人乃至歌人们，仍有不屈、硬扛、暗顶之作，更有不多作理会、自写想写之作，仍有不少的佳作佳篇问世存世。[①]

短歌也正是如此。在这不算长的时间中，有“新诗社”“明星派”“岸根短歌会”“阿罗罗木派”等歌社，有落合直文、正冈子规、与谢野晶子、与谢野铁干、佐佐木信纲、岛木赤彦、窪田空穗、斋藤茂吉、前田夕暮、北原白秋、若山牧水、石川啄木、释迢空等众多的著名歌人，歌集歌作众多，佳作也不少。

在本书中，难以一一追溯原出的歌集，只能借助《日

① 加藤周一：《日本文学史序说》（叶渭渠、唐月梅译，外研出版社2022年版）下第十、十一章；市古贞次：《日本文学史概说》（倪玉等译，东北师范大学出版社1987年版）第五编第九、十章；小说有《雪国》《细雪》等。

本名歌集成》《通解名歌辞典》《秀歌鉴赏Ⅰ、Ⅱ》《近代著名短歌解说》等当代编纂的歌集、歌书，以选择、确定、翻译介绍之。

下面，仅引据本书所编译的一些歌人、歌作，做一说明式梳理。

二、近代日本杰出歌人之佳作举例

近代以后，“和歌”的称谓几尽变为“短歌”。

落合直文是近代短歌的开创性人物。短歌渐次向取材现实、依情而咏的方向发展。

* 子女们，隔壁念书，声可闻。

沁我心脾，亲切动人。

落合直文（本书歌 28）

* 噼啪乱，钓上小鲈，出水翻。

雪白鳃口，秋风清扬。

落合直文（本书歌 31）

与谢野晶子是近代浪漫歌作的杰出代表。

* 拥玉肌，心摇情焰，血涌潮。

谈理说道，君不寂寥？

与谢野晶子（本书歌 122）

对旧传统做出有挑战性的描述与责问，鼓动新的恋情思潮。

* 啊五月，原野如火，法兰西。

红紫罂粟，你我欢聚。

与谢野晶子（本书歌 129）

用新奇的比喻，生动形象地展现异国风情。

若山牧水、石川啄木等是近代写实派歌作的代表歌人。

* 白鸥来，悲怀不染，天与海。

一望碧透，孤影徘徊。

若山牧水（本书歌 227）

境界空阔而哀沉，白鸥之哀，借色彩渲染而移情于物、移情于人。

* 看远点，恐怖行径，造悲剧。

近日想来，已渐看清。

石川啄木（本书歌 252）

被诬为所谓“大逆事件”中，对当局的暴行的揭露。

更有左翼歌人、民众写出的“普罗”短歌，有着鲜明的进步性和斗争性。

* 被捕后，猝死猝死！不用说，

死因不明，意味什么？

矢代东村（本书歌 397）

直面特高警察凶残杀害著名左翼作家多喜二的暴行，表达压抑中的沉痛、质问、抗议。

三、近代日本短歌的特质

1. 新风建树

近代短歌的新鲜风致是：表现形式上，口语化、新题材、新词语、非格律化；内容倾向上，个性化、平民化，更多的凡俗的生活情调，写出新感觉。艺术格调上，浪漫情调与精细写实相结合，虽常见各有侧重，但并不偏废。对传统的“风雅”诗意的追求，未见衰减，在对西方文艺汲取的基础上，更加强了印象表现、象征暗示表现手法的运用，以建构更深永的意味。

* 书本上，一寸身量，美人来。
恍然飘现，字里行间。

森鸥外（本书歌 1）

小说风的材料运用、故事构成、话语风调，给人身临其境的感受。

* 初月细，你有似于，小指甲。

轻柔掐压，感觉至佳。

芥川龙之介（本书歌 22）

感触能力的集中体现：多样的感受，融入一个敏锐的感觉点，给人新鲜的印象。

* 父与母，四只手抱、七孩行。

上坡爬坡，脚步难停。

伊藤左千夫（本书歌 35）

以故事性的情景创构，象征地表现与弟子们的关系。

* 儿童聚，讲说故事，话未尽。

葡萄藤影，月渐西倾。

佐佐木信纲（本书歌 53）

有着幻想式、童话式的色调，表现出明治时期的文化韵调和审美趣味。

*** 堆得高，车夫推车，运茧忙。**

步履匆匆，冰光闪闪。

岛木赤彦（本书歌86）

赤彦之作，有后期印象派画风，把光、色、形放在动态的糅合中处理。

*** 丸大厦，截断空中，一角间。**

兹伯利号，横穿一点。

宇都野研（本书歌95）

写新事物。1929年，兹艾兹伯利号飞船飞经日本的情况，与正在建筑的丸大厦对应看之。

*** 自然大，离天只有，三尺三。**

飞腾而过，山山山山。

前田夕暮（本书歌199）

乘飞机飞越山脉上空的感受，用所谓自由律歌：加多种标点以增强感觉的传达。

＊ 乐颠颠，背儿去住，动物园。

爬上坡道，步步黄埃。

小名木纲夫（本书歌 382）

描绘生活实景，以象征自己生活道路的坎坷难行。

＊ 病加病，发烧五日，连着来。

错觉生成，落霞满天。

泷泽亘（本书歌 390）

写出发烧中的病人的意识混乱，出现幻象。

2. 风雅诗意

短歌内容，寻求跟上时代，写出新鲜事物、新场景、新情况；短歌的形式，也极力探求新变化、新发展。但保持、发扬和歌的“风雅”的诗意传统，体现“余情”韵味，不仅不丢，还在开掘关涉西方等世界性题材、意味的基础上，有了新扩张、新发展。

* 正有如，西方雅典，有品位。

日本风雅，定当守卫。

太田水穗（本书歌 72）

决心坚守和歌的“花鸟之道”“风雅之道”。

* 吊床软，海涅情诗，春梦酣。

叶间天使，莫要窥探！

尾上柴舟（本书歌 77）

歌作写了当时时兴的生活情调和浪漫恋情，表现出新时尚与和歌的融汇。

* 原上草，枯荣岁岁，野火烧。

迢迢古道，相思寂寥。

平福百穗（本书歌 118）

歌作颇于拟白居易诗上用意，但归结到恋情相思。

日本近代的和歌，正是在这样的一些有志之士的探索实践中，走上了正确的改革求新之路。

从明治到大正再到昭和前期，涌现出了众多的歌人、歌作、歌志、歌社，细数之纷纭多端。

具体情况，有意的读者可参看以下书的相关章节，以明了之：

中文书：彭恩华《日本和歌史》(学林出版社，1986)。

日文书：吉田精一《新编日本文学史》（角川书店，1982）、《明治大正文学史》（修文馆，1956）、高木市之助《日本文学的历史》（武藏野书院，1982）等的有关章节，以明了之。

四、本书的编译

1. 歌作原文的出处、编选

本书共选取日本近代短歌歌人85人，歌作400首。歌作主要见于：

秋山虔等编《日本名歌集成》，日本学灯社1988年版（集成，页码）。（括号内为本书中的出处标示法。）

武田祐吉、土田知雄编著《通解名歌辞典》，创拓社 1990 年版（名典，编号）。

彭恩华著《日本和歌史·附录日文歌作》，学林出版社 1986 年版（和歌史，编号）。

并参考和歌文学讲座 10、和歌文学会编《秀歌鉴赏 Ⅱ、Ⅲ 》，樱枫社 1969 年版。

高木市之助《日本文学的历史》，武藏野书院 1982 年版。

至于各位歌人的歌集、私家集，难以一一搜集，故付之阙如。歌作的选取，多以《日本名歌集成》为本，在品评中选定。当今仍在世的歌人歌作，留待今后攀求。

2. 歌作的中译

日本近代短歌，虽更多地扬弃了从《古今和歌集》《新古今和歌集》以来形成的惯用词句、格套、某些修辞方式，用了更多的口语表现、通俗词句，但仍不失其“雅”，是随俗雅化的表达，是“高度领悟后的回归平俗”，是高度的诗情与尽可能平易的通俗性的融合，体现出类似蕉门俳句的“轻”的特质。且其基本的形式仍是5、7、5、7、7，每首31音，有着错落有致的传统样态，在日本依然属于“雅”文学，不宜译得很直白，这样无形式感、无雅趣。依然具有在日本中，属于“雅”文学的特质。

近代日本短歌仍与中国的诗、词意味相通，情韵相通，言辞相似。众多的著名歌人精习汉诗文，甚至也是出色的汉诗文作者，这也是二者情韵相通的内因所在。所以，仍然要以中国的诗词文的雅致韵调，来阅读、品味、翻译和歌，不过更注意词气平和、言语平易，体现新风尚和时代感！

结合其句型形式上5、7、5、7、7的基本形式，每首31音的特点，仍尽量保持其基本的5句句式、长短错落的句子形态。① 虽然日语和歌原文不讲求押

① 由于日语的31音只包含十五六个字义，故不能译为5、7、5、7、7，31个汉字，只能压缩字数来译，译为3、4、3、4、4，18音[字]。（这与原句的句式长度，在比例上是切近的：原文5∶7≈0.714，译文3∶4≈0.75，两相近似。设如：3∶5≈0.6；4∶6≈0.67，则有差距。）汉字18音所包含的字义，也相近、相当于31音日语所包含的意义。

韵[1]，但翻译和歌为中文时，尽力第三（或第二）、第五句押韵（平、仄韵皆可，一首中也可平仄皆用），这样才可体现中文诗歌的音韵特色。

本书和歌翻译采用的仍是3、4、3、4、4形式，5句18字的译法，其形式感靠近和歌，情调略靠近中国“词”或“曲”“令”，且注意押韵，读之畅达。既能体现原歌的错落句式的意味，也可读来有中国如“词”一般长短错落的音韵感。本书的短歌翻译：

（1）以3、4、3、4、4，每首18字的句式，体现其原作5、7、5、7、7，全歌31音的诗形特点，且注意押韵。

（2）追求类似中国“词”“曲”的言辞韵调与白话文的融合，体现日本近代短歌既有其传统意味，又尽力体现出向近代转化的新言辞倾向。

（3）结合各首短歌的题目、说明（“题词”）以及

---

① 诗歌音韵的三要素：音数律、音位律、音性律。日语传统诗歌重在讲求音数律：句数与音数。而无音位律（如平仄）、音性律（如押韵）的定性要求。（久松潜一：《日本文学评论史·总论歌论篇》，至文堂1942版，第71页。）

自己的理解感受，尽可能对短歌的内容和艺术特质等作一定的阐释。

本书关涉歌人、歌集甚多，难以整合参照，译时少有参照统合，更碍于水平不够，故编译中定有不少问题瑕疵，请多指正！

2022 年 4 月 26 日

目　录

森鸥外（森鷗外　もりおうがい）

森鸥外（1862—1922），生于岛根县，毕业于东京大学。著名作家，著有《舞姬》《雁》等小说。与同人翻译欧洲名诗，出版了《面影》。喜好俳句，尤其是短歌的创作。有咏作的短歌集《歌日记》，开“观潮楼歌会”。

1. **书本上，一寸身量，美人来。**

 恍然飘现，字里行间。

以“我之百首”为题，共载于1909年《昴》杂志，此为其中之一首。这些歌作，乃是“应杂志之托请，一气而咏作”（《沙罗之木》序）。

浪漫气息跃然纸上，与小说风的材料运用、故事构成、话语风调也很吻合。

中国有“书中自有黄金屋”“书中自有颜如玉”的诗句，日本有“一寸法师”的传说，此歌妙于运用，以一歌展现动人的情景。

書(ふみ)の上(うえ)に寸(すん)ばかりなる女来(おんなき)てわが読(よ)みて行(い)く字(じ)の上(うえ)にゐる

（沙罗之文；集成・P382）

2. **折断了，官舍之后，杉树枝。**

猿猴来扰，见无常世。

鸥外任奈良国立博物馆总长，其官舍后有大杉树，时有猴子来，折断其树枝。

鸥外之歌，有戏作之意。说树枝之被折，见出人世之无常。

其官舍之门被名曰“鸥外之门”。此歌被雕刻于门旁之石碑上。

猿(さる)の來(こ)し官舎(かんしゃ)の裏(うら)の大杉(おおすぎ)は折(お)れて迹(あと)なし常(つね)なき世(よ)なり

（奈良 50 首・奈良博物馆与森鸥外、鸥外的和歌）

3. **过木津，整理网架，隔窗窥。**

得见奈良，灯火星辉。

鸥外出任奈良博物馆总长后，赴奈良述职，作有短歌《奈良五十首》。

本首写的是来到奈良时的实感。

木(き)津(つ)過(す)ぎて網棚(あみだな)の物(もの)おろしつつ 窓(まど)より覗(のぞ)く奈良(なら)のともし火(ひ)

（奈良 50 首・奈良博物馆与森鸥外、鸥外的和歌）

4. **敕封笋，以刀开之，如开门。**

寒月光照，正仓院扉。

敕封笋，为皇封赐物；此任“总长”，为受敕命。故开封与上任，有相近之点，故成联想联觉。

月光之“寒”，见出谨守所任的内心感受。

勅封(ちょくふう)の笋(たかんな)の皮(かわ)切(き)りほどく 剃刀(かみそり)の音(ね)の寒(さむ)きあかつき

（奈良 50 首・奈良博物馆与森鸥外、鸥外的和歌）

5. **晴天时，晾晒宝物。若下雨，**

撑着雨伞，参观殿宇。

写自己勤于职守，晴天晾晒，雨天参拜。守护好文物。

晴天的时候晾晒宝物，下雨的时候没有工作，所以去参观奈良的寺庙。

晴（は）るる日はみ倉守（くらまも）るわれ傘（かさ）さして 巡（まわ）りてぞ見（み）る雨（あめ）の寺寺（てらでら）

（奈良 50 首・奈良博物馆与森鸥外、鸥外的和歌）

6. **若不被，雨水渗沙，尘污盖。**

奈良永远，光彩长在。

歌作之意，除了包含科学地保护文物古迹的认知外，也还体现出从社会防治的角度，对思想精神而引发的外力对古迹、书籍的破坏的警惕。

如果没有雨水渗入沙土的话，奈良永远不会被污染，光彩常在。

とこしへに奈良(なら)は汚(よご)さんものぞ無(な)き雨(あめ)さへ沙(すな)に沁(し)みて消(け)ゆれば

（奈良 50 首・奈良博物馆与森鸥外、鸥外的和歌）

夏目漱石（夏目漱石　なつめそうせき）

夏目漱石（1867—1916），生于江户，毕业于东京大学英文科，1900—1903 年留学英国。以《我是猫》《哥儿》《心》以及“爱情三部曲”（《三四郎》《从此以后》《门》）等作品成为著名作家。写有 200 多首汉诗，在《杜鹃》上发表俳句，也创作和歌。

7.　**艾蒿地，草尖乱处，月影凄。**

景动愁肠，心萦往昔。

题为“对月有感”二首，作于 1890 年 9 月。

取景突出荒凉，情景凄怆，与中古、中世的歌人的感怀颇为相似。

よもぎう　はすえ　やど　つきかげ　むかし

蓬生の葉末に宿る月影は 昔 ゆかしきかたみなりけり

（漱石全集 12）

8. **如有情，云中之月，应长照。**

沧桑人世，垂垂渐老。

夏目漱石的创作，以清醒的现实主义和精深的人性分析而著称。其歌作也体现出这一特点。

“老”，在这里说的当然不是自然状态，而是社会、思潮的固化与僵滞。夏目漱石正表达出对此的不满。

情(なさけ)あらば月(つき)も雲居(くもい)に老(お)いぬべしかはりゆく世(よ)を照(て)らしつくして

（和歌史·611）

9. **窗外雨，令人身心，增夜寒。**

白杨戏雨，答答作响。

此歌也当视作有寄托之意。

雨时独坐而夜寒，白杨树却不甘于寂寞，响声不断，以应对雨之威势。这似也符合作家与社会的关系。

肌寒くなり増さる夜の窓の外に雨を欺くぽぷらあの音

（和歌史・612）

10. 孤行于，宫苑遗迹，深草荒。

秋风北来，础石之上。

日本之古都奈良、京都等地，多有旧时宫苑遗址。漱石游历其处，潸然有感。

秋风之吹，只着眼“础石”，一见宫室无存，再可见遗迹之恒久。“深草”，也正是旧时京都的一个地名。

草繁き宮居の跡を一人行けば礎を吹く高麗の秋風

（和歌史・613）

11. 山林人，今朝锦衣，着身上。

雨水红叶，襟袖色染。

题为“山居观枫”，作于 1889 年 11 月。

着眼于雨水把红叶的颜色染在了衣袖上，突出红叶的色调之浓、之美。与前代的名歌有着相通的情调。

藤原公任歌：岚山晨，山风寒处，红叶飘。无有一人，不着锦袍。（见《中古和歌500首》歌307）

杣人(そまびと)もにしき着(き)るらし今朝(けさ)の雨(あめ)に紅葉(もみじ)の色(いろ)の袖(そで)に透(とお)れば

（漱石全集12）

12. **红与黑，两根烟柱，直立中。**

秋意高处，双双在空。

题为“阿苏山”二首（其一），作于 1899 年 9 月。

虽出于写实，但漱石的心中、眼中，当涌动着王维的诗句“大漠孤烟直”，但歌意突出了红、黑两柱，与“孤”是不同的。

赤き烟黒き烟の二柱真直に立つ秋の大空

（漱石全集 12）

樋口一叶（樋口一葉　ひぐちいちよう）

樋口一叶（1872—1896），生于东京的农民家庭。歌人、作家。东海学校高等 5 年生，15 岁时，入“桂园派”学习和歌，在“秋塾”歌舍学习作歌；于《古今和歌集》《源氏物语》等学有心得，喜好短歌创作。写有《竹莺》《暗樱》《青梅竹马》等知名小说，名动文坛。因结核病去世。

13.　**家无人，紫花地丁，护墙院。**

故乡庭中，独自暄妍。

紫花地丁，三色堇的近亲。普遍生于草地或山坡上，美丽的小花让人难以忘怀。

意为：守护着没有主人的篱笆，是在故乡的庭院里盛开的花堇吧。

あるじなき垣(かき)ねまもりて故郷(ふるさと)の庭(にわ)に咲(さ)きたる花菫(はなすみれ)かな

（樋口一叶和歌集・近代著名短歌解说）

14.　**新年到，汲取新水，在今朝。**

不由自主，喜上眉梢。

写迎接新年到来的喜悦。

原文的“若水”，是元旦汲来，洗荡邪气之水。喜从何来，发自内心，不须言语。

あらたまの年(とし)の若水(わかみず)くむ今朝(けさ)はそぞろにものの嬉(うれ)しかりけり

（樋口一叶和歌集·近代著名短歌解说）

15.　**阵阵风，人命浅危，难停留。**

莲叶露珠，心自悲秋。

人生无常，人世虚幻，意虽不新奇、形象，但言辞营造出新意。

在阵阵风中，感受到生命虚幻，有如短暂停留在荷叶上的露水。

折々(おりおり)の風(かぜ)のたえ間(ま)をいのちにてはかなくとまる

蓮葉(はちすば)の露(しも)

（樋口一叶和歌集・近代著名短歌解说）

16. **为一见，你的身影。无声息，**

在你门前，踱来走去。

性格内敛、情意羞涩的少女难以抑制的爱情表现。

鼓起勇气，一再地从所爱的人的家门前走过，只不过是为了一见那人的身影。

其行为举止，与樋口笔下的人物形象神似，也正是作者本人的性格、情致的体现。

よそながらかげだに見(み)んと幾(いく)たびか君(きみ)が門(かど)をば過(す)ぎてけるかな

（短歌之事・有名恋歌）

17. **自分别，只有一味，相思苦。**

日长月久，难熬难度。

樋口在艰难的生活中得到记者、通俗作家永井桃水的鼓励和帮助，她以此为素材，写了《暗樱》《雪日》两篇小说。

作品中的孤苦少女，或遭逢超然的冷遇，或被对方家庭以家风和门第为由加以拒绝，以致在实际生活中，她不得不与桃水分手离别。

本首歌中表达了她不幸的恋情经历。

わかれんと思(おも)ふばかりも恋(こい)しきを　いかにかせまし逢(あ)はぬ月日(つきひ)を

（短歌之事・有名恋歌）

18.　纵虽能，苦心孤诣，苦相守。相对无言，唯有苦愁。

樋口早年，父亲、兄长离世，不得不承担起家庭经济的重担，以洗衣、做针线来维持生计。

后渐成名，有了一些稿费收入，略纾困厄。

但她追求爱情失败，加上长期生活压力，损害了健康，终被肺病夺去了年轻的生命。其一生是悲剧性的。

在其悲剧的人生历程中，与相爱的人的苦苦相守，到最终被迫离散，是其痛苦的一个高点。

つくづくと打(う)まもりてもあられねば　さしむかふこそくるしかりけれ

（短歌之事·有名恋歌）

芥川龙之介（芥川龍之介　あくたがわりゅうのすけ）

芥川龙之介（1892—1927），小说家。生于东京京桥新原家，为母家芥川家养子，东京大学英文科毕业，入夏目漱石门下；以《罗生门》《鼻子》《竹林中》《地狱变》等小说而驰名。对日本文化，及中国、西方文学皆通达。也有俳句、和歌之好。因遗传母亲之精神疾病而痛苦衰弱，服安眠药自杀。

19.　**暮春时，岂无深紫，天鹅绒，**

柔丽之感，铺展心中？

视、听之感觉，化为以触觉为中心的联觉——紫色天鹅绒的触感，这就是暮春！

やはらかく深紫（ふかむらさき）の天鵞絨（ビロオド）をなづる心地（ここち）か春（はる）の暮（く）れゆく

（芥川龙之介短歌・和歌与俳句）

20. **风信子，淡紫香气，环绕我。**

单思苦恋，人生落寞。

风信子花语：轻柔的气质、浪漫的情怀，更多的是悲伤、妒忌、忧郁。

有关故事来自古希腊神话传说：美貌的少年雅辛托斯和太阳神阿波罗相恋，而西风之神杰佛瑞斯甚妒，以风吹铁饼，伤害雅辛托斯。

故事意味着爱恋、嫉妒等情感。

片恋（かたこい）のわが世（よ）さみしくヒヤシンスうすむらさき

ににほひそめけり

（芥川龙之介短歌·和歌与俳句）

21. **跋涉过，万水千山。心之悲，**

来自都市，大街流浪。

跋涉与漂泊，不过是人生的旅途，虽艰难却正常。

在都市街道上孤独踟蹰，才是人生在世真正的悲凉。悲伤，与其说由于漂泊千山万水，不如说是因为一个人在都市大路上走。

幾山河(いくさんか)さすらふよりもかなしきは 都大路(みやこおおじ)をひとり行(い)くこと

（芥川龙之介短歌・和歌与俳句）

22. **初月细，你有似于，小指甲。**

轻柔掐压，感觉至佳。

名作家的感触能力的集中体现：多样的感受，化为一个点、一个敏锐的感觉呈现于人。使你产生类同于这种奇妙的超能力的感触。

细月—小指—轻掐—柔美。

原文的“二日月”，即初二日的月亮。二日之月，你比小指甲轻柔的刺压更温柔呢。

二日月(ふつかつき)君(きみ)が小指(こゆび)の爪(つめ)よりもほのかにさすはあはれなるかな

（芥川龙之介短歌・和歌与俳句）

23. **我庭中，棠棣青枝，列成簇。**

秋雨之中，凄伤欲哭。

题为“时雨”（二首）之二。

原文中“时雨（しぐれ）”，有二意：一是秋冬的阵雨，二是伤心、哭泣。歌中以此展示深层意味。

原文的“山吹”，就是棠棣，春末开黄色花。

日本传统风俗把棠棣（山吹）与生死联系起来，认为在棠棣花开放的水边可以看到已亡故的人的面容。

わが庭はかれ山吹の青枝のむら立なべにしぐれふるなり

（芥川全集六・P206）

24. **竹青绿，有风旖旎，叶轻举。**

谁之笔下，墨耀生机。

题为“观寒木堂所藏书画”二首之一（原注：寒木堂，未详）。

风不可画，以竹叶之形态来显示，再以感叹的笔调，表达对画作者的褒赞。

葉をこぞり風になびける墨の竹誰か描きけむこの墨の竹

（芥川全集六・P206）

25. **水墨画，洒脱题诗，长长垂。**

淡墨藤花，倾侧如坠。

题为：“观寒木堂所藏书画”二首之二（原注：寒木堂，未详）。

并未直接写所画为何（译歌设想为藤花）、所题诗如何、画者为谁，而是直写题诗的长条形章法与花的形态的相通相似，以感觉印象的抒写，给人新异的感受。

试设想，如吴昌硕、齐白石的画作、题款的风貌。

題したる詩長くしてうす墨の墨絵の花は傾きてをり

（芥川全集・六・P206）

落合直文（落合直文　おちあいなおぶみ）

落合直文（1861—1903），生于宫城县，东京大学肄业。别号萩之家。1893 年，组建“朝香社”，对和歌的新风转向做出贡献，培养了与谢野铁干、尾上柴舟等人。有《萩之家歌集》。

26.　**紫绦贯，铠甲在身，刀剑挂。**

想见凛凛，高山樱花。

《行军吟草》中之一首，最初在第一高等学校的《校友会杂志》（1905 年 5 月）刊载。

表露了直文的和歌主张：当今之歌作，要超越旧式的、传统的、低回的情趣，作勇壮活泼之歌，应有“志士调”。

借助当时欧化主义的风尚，做浪漫的发想：把赳赳武士与樱花的形象连缀在一起。

緋縅（ひおどし）のよろひをつけて太刀（たち）はきて見（み）ばやだぞ思（おも）ふ山（やま）ざくら花（はな）

（萩之家歌集；集成・P382）

27. **“爹爹哟，今天如何？”拄枕问。**

看此儿女，我难离身！

《病床杂咏》十八首之一，初见1900年6月号《国文学》。

直文有四男一女，五子，而且是年沉疴于糖尿病。歌作再现子女们问病的情景，表达亲子之情和歌作者战胜病魔的意志。

山上忆良有歌作：“金银贵，玉石价高。岂能比，娇小儿女，堪为珍宝。”（《万叶集》五·803；姜译《日本古代和歌400首》歌185）

父君(ちちぎみ)よ今朝(けさ)はいかにと手(て)をつきて問(と)ふ子(こ)を見(み)れば死(し)なれざりけり

（萩之家歌集；集成·P382）

28. **子女们，隔壁念书，声可闻。**

沁我心脾，亲切动人。

与上一首同题。表达儿女们在歌作者心中的美好印象，与他们难舍难分的感情联系。

隣室（りんしつ）に書（ふみ）よむ子（こ）らの声聞（こえき）けば 心（こころ）に沁（し）みて生（い）きたかりけり

（萩之家歌集；集成・P382）

29.　萩寺中，萩花多趣。露之人，

选定此处，长眠此身。

题为“初萩”，见于《明星》1902 年第 13 期。

年谱中记，“明治二十六年（1893），与弟鲇贝槐园、门生与谢野宽共游江东萩寺赏萩”，当为其时作。

生长于萩之名所的仙台的直文，以自己的居所为“萩之家”，并以之名其歌集，其爱萩至深可见。至本首中，更欲以之为长眠之所。

龟户之龙眼寺，即萩寺，有直文此歌之歌碑在。

萩寺（はぎてら）の萩（はぎ）おもしろし露（つゆ）の身（み）のおくつきどころここと定（さだ）めむ

（萩之家歌集；集成・P382）

30. **就这样，长眠在此。墓丘上，**

定种一簇，萩花红紫。

同上题。展开想象，想到自己的墓，墓上的萩花。

萩，又名胡枝子，蒿类草本，秋季开花，花色紫红。

此(こ)れままに長(なが)く眠(ねむ)らば墓(はか)の上(うえ)に必(かなら)ず植(う)えよ萩(はぎ)の一(ひと)むら

（萩之家歌集；集成·P382）

31. **噼啪乱，钓上小鲈，出水翻。**

雪白鳃口，秋风清扬。

题为“白萩”十六首中之一首，初见《明星》1901年第6期。

直文之歌，初只追求雄壮优雅，渐次向取材现实、依情而咏的方向发展。

首句用的就是拟声拟态词（さわさわと）以展示生动情景，末句更以秋风轻拂来映现清新多趣。

さわさわとわが釣(つ)りあげし小鱸(おすずき)の白(しろ)きあぎとに
秋(あき)の風(かぜ)吹(ふ)く

（萩之家歌集；集成・P382）

32.　**白藤花，矮几之上，瓶中插。**

藤蔓柔长，依依垂下。

同上题的十六首之一。

对小景的写生式的再现，在特定的视角中，包含了内在的审美情调——清新可爱。

小瓶(こびん)をば机(つくえ)の上(うえ)に乗(の)せたれどまだまだ長(なが)し
白藤(しらふじ)の花(はな)

（萩之家歌集；集成・P382）

伊藤左千夫（伊藤左千夫　いとうさちお）

伊藤左千夫（1864—1913），明治法律学校肄业，本名幸次郎。1889 年起，在东京从事自营养牛挤奶业。后入于正冈子规门下，1904 年创办《马醉木》杂志。1909 年创办《塔》，强调歌作的呼唤力量。有《左千夫全集》。

33.　**此世上，饲牛人也，纵歌情。**

新风歌潮，定能隆兴。

虽发表于 1920 年刊的《左千夫歌集》中，但却是 1900 年 1 月，少年左千夫拜访正冈子规后不久所作歌。

不作拟古无味之歌的子规想法，给了左千夫以深刻的影响。认定出自生活的亲历者的写实写真情的歌声，才是新歌兴盛的标志。

牛飼(うしかい)が歌(うた)よむ時(とき)に世(よ)の中(なか)の新(あたら)しき歌大(うたおお)いにおこる

（左千夫歌集；集成・P383）

34. **池水浊，浊水难映，藤波影。**

花罩帷幔，天雨频降。

正冈子规有藤花歌十首（见于《日本》1902 年 4 月号），左千夫此首“藤”，见于同年《心之花》7 月号。

子规之作咏的是瓶中藤，左千夫之咏作，乃是雨中赏藤。

池水(いけみず)は濁(にご)りににごり藤波(ふじなみ)の影(かげ)も映(うつ)らず雨降(あめふ)りしきる

（左千夫歌集；集成・P383）

35. **父与母，四只手抱　七孩行。**

上坡爬坡，脚步难停。

1908 年所作《心有所感》之《双亲之心》十三首之一。

描写双亲拖家带口生活之艰辛，借以指正当时弟子们缺乏道德常识的纷纷扰扰的言说，有如父母在慰藉埋怨生活的孩子们。

両親(ふたおや)の四(よっ)つの腕(かいな)に七人(ななたり)の子(こ)をかき抱(いだ)き坂路(さかぢ)のぼるも

（左千夫歌集；集成·P383）

36. **偶然间，闲寂涌起，静心潮。**

儿女语声，渐轻渐消。

同上题之歌作。闲寂，也是芭蕉俳句的审美理念，指内在与外在的清静，内心的领悟。意旨也同于上首。

わくらはに寂(さび)しき心(こころわ)湧くといへど児等(こなど)がさやけき声(こえ)に消(け)につつ

（左千夫歌集；集成·P383）

37. **一旦从，拘束人世，得出脱。**

白波中分，天宽地阔。

“2 月 28 日，游 99 里海滨”七首之第一首。作于 1909 年作者 45 岁时。

体现出把大自然视为能解脱人世羁绊的自由天地，不拘泥于人间事理，表达内心真切的向往。

人の住む国辺を出でて白波が大地両分けしはてに来にけり

（左千夫歌集；集成·P383）

38. 立中庭，今朝寒气，令人惊。露下幽静，柿叶飘零。

题为“寂灭之光”五首之一，载于《塔》。表现沉痛寂灭的心境。

其伤痛或来自苦恼的恋情，或来自与斋藤茂吉等弟子的文学论争，对他们充满了赞叹和惋惜。

おりたちて今朝の寒さを驚きぬ露しとしとと柿の落葉深く

（左千夫歌集；集成·P384）

39. **鸡冠花，风摇红艳，暮色秋。**

我已行年，四十又九。

同上题之作。当是作于伊藤离世之年（1913）。上一、二、三句营造一个情境，以寓说自己人生已到垂暮之年。

鶏頭(けいとう)の紅(べに)ふりて来(こ)し秋(あき)の末(すえ)やわれ四十九(しじぶく)の年(とし)行(い)かんとす

（左千夫歌集；集成·P384）

40. **今早上，阴露冷冷，秋草暗。**

空幽行藏，寂灭无光。

题同上“寂灭之光”。

以散文化的写法，传达的意旨主要是：直接而明确地说出失望甚至绝望的心情。以天地万象之暗淡喻示内心世界，表达作者晚年的爱情得不到同情。

在申说“我的命”“黑发”的恋爱话语的歌中，都收入《寂灭之光》，也体现了对弟子们的罪障感的抑郁之气。

今朝(けさ)の朝(あさ)の露(つゆ)ひやびやと秋草(あきくさ)やすべて幽(かそ)けき寂滅(ほろ)びの 光(ひかり)

（左千夫歌集；集成・P384）

正冈子规（正岡子規　まさおかしき）

正冈子规（1867—1902），生于爱媛县，东京大学肄业。别号“竹之里人”。加入日本新闻社，在俳句革新运动后，发起倡导写生的和歌革新运动。为短歌创作的重要领头人。有《竹之乡歌》《子规全集》。

41. **人尽往，箱根畅游，伊香保。**

宅家灭蝇，唯有我曹。

是以“我”一词为结句的八首歌之一。刊于1898年8月的《日本》杂志上。

伊香保，在群马县，为著名温泉，历史悠久，歌碑众多。“灭蝇”，并不一定是真事，或另有隐喻。

以“我”为全歌的结束，也是传统有之，在《万叶集》中就有先例。歌作都是通俗风的体现。子规的这八首歌皆以日常生活为内容，既写出了当时的社会风情，也表现了自己的生活。两相对照，颇有谐趣。虽说有自嘲，但也有些许自恃的优越感。

人皆(ひとみんな)の箱根伊保香(はこねいほか)と遊(あそ)ぶ日(ひ)を庵(いおり)にこもりて蝿殺(はえころ)すわれは

（竹之乡歌；集成・P384）

42. **猫冬时，病榻边上，玻璃窗。**

拭去水雾，见布袜干。

1899 年，弟子高滨虚子将子规的病室改障子为玻璃窗。本首歌写的就是此后的新感受。

玻璃窗是当时少见的稀罕物，由此表现出子规的好奇心。冬日室中水汽、外面晾着的布袜，平常之至，但感受却是新鲜的。

冬(ふゆ)ごもる病(やまい)の床(とこ)のガラス戸(ど)の曇(くも)りぬぐへば足袋(たび)干(ほ)せる見(み)ゆ

（竹之乡歌；集成・P384）

43. **粉红的，蔷薇柔条，二尺长。**

尖刺滑软，春雨轻沾。

题为“庭前即景”，注记为“四月二十一日作”，事在 1900 年。

粉红的，是蔷薇的芽条，甚至写到芽条上的细刺的柔滑。歌作用了四个连接词（原文中的の），平滑地把这些物象串联起来。平实、细腻、生动地写出了对春天的季节感受。

くれないの二尺伸(にしゃくの)びたる薔薇(ばら)の芽(め)の針柔(はりやわ)らかに
春雨(はるあめ)の降(ふ)る

（竹之乡歌；集成・P385）

44. 瓶中藤，花穗难达，榻榻米。

花从几下，垂垂向低。

题为“墨汁一滴”十首之一，时在 1901 年 4 月。

体现了子规的代表性的写实风。一个最具体化的表现是，将特定视角写出来：卧病的榻榻米上从下往上看矮几上瓶中垂下的藤花。

不求人为的加工和技巧，但求真切自然。

瓶(かめ)にさす藤(ふじ)の花(はな)ぶさ 短(みじか)ければ 畳(たたみ)の上(うえ)に届(とど)かざりけり

（竹之乡歌；集成・P385）

45. **鸢尾开，夏花放时，春不在。**

对我而言，春不再来。

题为“勉强动笔”十首中之一首，刊于 1901 年 5 月的《日本》。

生命促迫，濒临死期时的惜春之情。鸢尾花，花多紫色，常植于庭中墙根，花期为 4—6 月。

同题的九首还写了牡丹、棠棣、藤花、牵牛、蔷薇、萩、松、秋草等，围绕我之“所见”“即目”，率真敏捷地表现了生命感与季节感的共生。

いちはつの花咲(はなさ)き出でて我目(われめ)には今年(ことし)ばかりの春(はる)ゆかんとす

（竹之乡歌；集成・P385）

46.　**佐保姬，与之告别，悲情怀。**

此春一去，我难再见。

同上题之作。

佐保姬，为日本神话传说中的春之女神。

歌作表现出沉疴久病的子规的离世悲情。

佐保神(さほかみ)の別(わか)れかなしも来(こ)ん春(はる)に 再(ふたた)び逢(あ)はむ我(われ)ならなくに

（竹之乡歌；集成・P385）

47.　**麻吕后，唯有征夷　大将军，**

金槐歌雄，源实朝君。

题为“读《金槐和歌集》”八首，此为卷头歌，见于 1899 年 8 月《日本》。

与其所著歌论《读八代歌集后书》的意旨相同，对源实朝的平易、清新的情致，特别是对其追求《万叶集》的豪迈歌风给予高扬和肯定。

人麻呂(ひとまろ)の後(のち)の歌(うた)よみは誰(だれ)かあらん征夷大将軍(せいいたいしょうぐん)みなもとの実朝(さねとも)

（竹之乡歌；集成・P385）

48.　数百年，君之英名，苔中埋。

每一念此，呜呼哀哉！

同上题之作。源实朝，继承父位，为征夷大将军，1219 年 28 岁时为其侄所刺杀。

此歌的末句于正常的七音之外，另加了“呜呼”二音。

幾百(いくもも)とせ君(きみ)の名苔(なこけ)に埋(う)もれぬそれを想(おも)えば痛(いた)ましきかな嗚呼(ああ)

（竹之乡歌；集成・P385）

石榑千亦（石榑千亦　いしくれちまた）

石榑千亦（1869—1942），生于爱媛县，毕业于明道学校。本姓横井，参与创设日本水难救援会。参与《心之花》杂志的创刊，有歌集《潮鸣》。其有关海洋的歌作值得注目。

49.　**黑沉沉，落日择此，入海深。**

圆圆光影，一去无痕。

刊于1922年《鸥》，作于1918年八九月间北海道之利尻岛的一次旅行中。

写落日，用了其“选择”这样的话，将其生命化、活化了；用“黑沉沉”来写其入海之深，更见出乎意表的真切。

作者由于其工作的关系，出行于海上、港湾甚多，因其有关海洋的歌作的多而且佳，被称为“海的歌人”。

黒ずめる海を抉ってまろまろと夕日は深く沈

みゆくらし

（鸥；集成·P386）

50. **白光耀，海豚转腹，出水跳。**

悠然入游，潜底可瞧。

见于他的第三歌集《海》，歌作写了从桦太到九州的海隈行程中，过轻津海峡时，在青函联络船上之所见。

上三句有出乎意料的突然感，很秀挺；下二句写归于平静，也显示出海的沉静清澈。

イルカの腹白(はらしろ)くかがよひ沈(しず)みゆく海(うみ)の底(そこ)ひを見(み)て至(いた)りけり

（海；集成·P386）

51. **船尾处，波浪中分，潮峰尖。**

海豚身影，凌空飞现。

上歌写海豚游走之情境。本首写的是海豚的出现，极显兀然的动态。

歌中两次用“飞动”（とぶ）一词，以状写其景况。

船（ふね）の舳（へさき）に分（わ）かれとぶ潮（しお）の汐先（しおさき）に脱（ぬ）げ出（い）でて飛（と）ぶ先（さき）かげイル（いる）か

（海；集成·P386）

52. **醉沉沉，双目蒙蒙，意昏昏。**

白瓷酒杯，心眼中存。

其歌集中未收录，所出未详。或云为在前一首所说到的桦太旅行时，在真冈所作。

作者好酒，广为人知，其涉酒之歌甚多，但此首可谓绝品。

已醉得几不省人事，而喝酒之白瓷杯仍念念在心。

大方（おおかた）はおぼろになりて我目（われめ）には白（しろ）き杯（さかずき）一（ひと）つ残（のこ）れる

（歌集未收；集成·P386）

佐佐木信纲（佐々木信綱　ささきのぶつな）

佐佐木信纲（1872—1963），生于三重县，毕业于东京大学。1869 年创办《心之花》。以其对个性的尊重，培养了多位歌人。作为国文学者，对《万叶集》、和歌史的研究多有建树。歌集《思草》之外，有《佐佐木信纲全集》。

53.　**儿童聚，讲说故事，话未尽。**

葡萄藤影，月渐西倾。

见于其歌集《思草》1903 年刊。

有着幻想式、童话式的色调。所写情景，有近有远。其绘画感有如“法兰西印象派的画作”（斋藤茂吉语），表现出明治时期的文化韵调和审美趣味。

幼（おさな）きは幼（おさな）きどちのものがたり葡萄（ぶどう）のかげに月傾（つきかたむ）きぬ

（思草；集成・P386）

54. **寺门之，础石已被，青苔埋。**

堂迹塔影，秋风空阶。

1899 年东北旅行时之作。乃探访岩手县西磐井郡平泉的毛越寺遗迹时所作歌。

此寺几经兴废，是“三代荣华”的见证，芭蕉的《奥州小路》写了相似的感慨。

此歌作与芭蕉的俳句“夏草深，兵士梦消，犹有痕”，在意味情调上颇相通。

大門(だいもん)のいしずい苔(こけ)に埋(うず)もれて七堂伽藍(しちどうがらん)ただ秋(あき)の風(かぜ)

（思草；集成・P387）

55. **大和国，晴明晚秋，药师寺。**

东塔之上，闲云独自。

关于药师寺之歌，刊于其歌集《新月》（1912 年）。其自书之歌碑于 1955 年立建于东塔之下。

歌作中一连用了六个连接词（の），把国、寺、塔、塔尖，连接了起来，在视点与焦点的移动中，最后建构起塔顶秋天的空中一片白云的鲜明形象，表达了赞叹的情谊。歌作情词连贯，一气呵成。

行(ゆ)く秋(あき)の大和(やまと)の国(くに)の薬師寺(やくしじ)の塔(とう)の上(うえ)なる一(ひと)ひらの雲(くも)

（新月；集成・P387）

56.　山峰上，伫立长久。忽感觉：

吾身已是，林木一棵。

题为“狩胜峰”十首中之一首（整个又属于《北海吟藻》一百零四首的一部分）。

是 1927 年应改造社之邀，赴札幌讲学之旅时的作品，其中多是歌颂大自然的雄伟壮美之作。

本首中，与大自然的同化之感得到表现。

山(やま)の上(うえ)に立(た)てりて久(ひさ)し吾(われ)もまた一本(いっぽん)の木(き)の心地(ここち)するかも

（丰云旗；集成・P387）

57.　佐保岭，山崖高耸。我身旁，

云涌前后，起伏骀荡

创作情境同上首。佐保，奈良县一地名，在昔大和国添上郡佐保村。写其山崖高峙，云遮雾障。

佐保路嶺（さほろみね）の大（おお）き岩根（いわね）にわが居（い）れば 傍（かたわ）らに近（ちか）く雲（くも）あそぶなり

（丰云旗；集成・P387）

58.　春来到，朝日升起，普天照。

山河草木，晴光辉耀。

题为“新春之歌”二首之一，刊于歌集《与山共水》（1951）。

论者认为：照耀的是太阳，然而放射光辉的是一个个的物体，体现着信纲的哲思理念。（村田邦夫《佐佐木信纲小传》）

在近代和歌史上是数一数二的明朗明丽的作品，体现了开阔、深邃、自然的韵调，写的也正是自然本身。

春(はる)ここに生(い)きるる朝(あさ)の日(ひ)を受(う)けて山河草木(さんかそうもく)みな光(ひかり)あり

（与山共水；集成・P387）

59. **得繁花，还是美果，难确认。**

诚挚坚毅，梦幻成真。

作于 1957 年。

高龄八五的信纲，仍孜孜不倦在收集、整理庞大的资料，为写作《江户和歌史》而勤奋工作。原文中的“梦之果实”，所指为何，并未明言，但说的应是“做学问”。

上一、二、三句，下四、五句，意味跌宕起伏，但最终指向的是艰辛后的成功。

花(はな)さきみのらむは知(し)らずいつくしみ猶(なお)もちいつく夢(ゆめ)の木(こ)の実(み)を

（歌集未收录；集成・P387）

与谢野铁干（与謝野鉄幹　よさのてっかん）

与谢野铁干（1873—1935），生于京都府，本名宽。师事落合直文，1900 年结成“东京新诗社”。翌年，创刊《明星》，致力于短歌改革，倡导浪漫主义。有《与谢野铁干短歌全集》。

60.　**原上草，如其发声，情自多。**

亦自有泪，亦自有歌。

题为“无题”二首之第一首，见于歌集《东西南北》（1896 年）。

表现一种苍生草民的自觉意识，并非壮士风的慷慨悲歌。

本有成语云：人非草木，孰能无情？本歌反其意而言：草木亦有言、有泪、有歌。

野(の)に生(お)ふる草(くさ)にも物(もの)を言(い)わせばや 涙(なみだ) もあらむ
歌(うた)もあるらむ

（东西南北；集成・P388）

61. **千佛山，虎啸山顶，震怖人。**

夜来山风，即是此声。

有词书“作于咸镜道之千佛山”。

作者两度赴韩，有对虎的一定实感。

由虎之咆哮联想到大自然的强风，洋溢着一种气概。铁干被冠以“虎剑流”之名号，与这一类的歌作的气度有关。

尾上(おうえ)にはいたくも虎(とら)の吼(ほ)ゆるかな夕(ゆう)は風(かぜ)にならむとすらむ

（东西南北；集成·P388）

62. **有理想，却遭命运，歧路上。**

执手群芳，悲声感叹。

出于歌集《紫》中的“轻狂”之第七首，又见于《明星》（1902 年 3 月）。

直面理想与现实的矛盾，身处现实而驰骋理想的浪漫情怀。

歌中萦绕着东京新诗社的女性歌人的形象，她们皆冠有花之名，如登美子——百合，凤晶子——萩，增田雅子——梅，等等。歌中以“白色之槿（紫罗兰）”指代之，其中特别是美登子，一度是作者的倾慕对象。

歌作在一定程度上体现了作者恋爱至上的思想。

そや理想(りそう)こや運命(うんめい)の別(わか)れ路(じ)に白(しろ)きすみれをあはれと泣(な)く身(み)

（紫；集成·P388）

63. 空中尘，如何思考，世与人。热泪涌流，情意萦身。

献给上田敏的歌集《相闻》中的第一首歌。

“尘”是明治时代很流行的言辞，本是基督教用以说凡俗的人们，这里与佛教说的“象”相近。

歌作反映了作者这一时期对佛道修行持有的关注，想突破精神困顿的思考，有着从漠然与浮荡的憧憬，返归人世的自信。调子平易，入人心目。

大空(おおぞら)の塵(ちり)とはいかが思(おも)ふべき熱(あつ)き涙(なみだ)の流(なが)るものを

（相闻；集成・P388）

64. **恋成梦，谋国之身，仍蒙尘。**

寂寥慨叹，二十之人。

铁干自唱自叹之作，见于歌集《紫》。

二十岁本正年轻，但自感光阴催迫，时不我待；恋情不就，为国尽力之事无成，故凄然慨叹。

夢(ゆめ)は恋(こい)に思(おも)いは国(くに)に身(み)は塵(ちり)にさても二十(はた)とせ寂(さび)しさを云(い)はず

（紫；名典・3156）

65. **萩之花，初花正开，蟋蟀鸣。**

九月二日，母亲节临。

9 月 2 日为母亲节，是日本的传统节日。与现代的5月第二个星期日为母亲节不同。叙写秋景，歌唱母亲节的到来。

萩(はぎ)の花(はな)はつはつ咲(さ)きていとどなく長月(ながつき)の
二日母(ふつかはは)の日(ひ)は来(き)ぬ

（相闻；名典・3162）

青山霞村（青山霞村　あおやまかそん）

青山霞村（1874—1940），生于京都府，同志社大学肄业。本名嘉二郎，1902 年前后试作口语歌。有《池塘集》，创办《犁》杂志，致力于口语短歌的普及。

66.　**托之于，一夜鹿鸣，北山上。**

只为见君，一诉衷肠。

这是《续草山百首》之一首。

作者效法香川景树的追求万叶风，致力于口语短歌的创作和推广，其歌有如一段对话。

鹿鸣，是中古以来常见的题材，也有取自我国《诗经・小雅・鹿鸣》的意味：“呦呦鹿鸣，食野之苹。我有嘉宾，鼓瑟吹笙。”表达求友之心。

北山(きたやま)の一夜(いちや)を鹿(しか)にかこつけて来(き)たのは君(きみ)に逢(あ)ふためである

（订正池塘集；集成・P389）

服部躬治（服部躬治　はつとりもとはる）

服部躬治（1875—1925），生于福岛县，国学院大学毕业。1894 年，加入落合直文的“朝香社”。1899 年，与尾上柴舟等结成“雷”会。歌作有个性和独创性，尝试用方言作歌。有歌集《迦具土》。

67. **迦具神，众多岩石，血染成。**

岩群之中，烟火升腾。

《富士百首》中，题为“明治三十一年八月二十一日登山吟”二十首之一。日本传说中的迦具土神为火神，躬治于古典兴味良深，自认为与此神性格相投，重视血、热、泪等，重视新生命的诞生，表达开拓并坚持自己的新歌风的心意情志。

かぐづちの血（ち）しほやここにたばしりし

五百津磐村煙（いほついはむらけむり）わきのぼる

（迦具土；集成・P389）

68. **试问取，昨日春梦，难再成。**

唯有寂寥，松风之声。

写出时光流逝、往事如烟的低回心情。

下四、五句，仅以意象显现之，深具东方诗美的特点。

試(こころ)みに問(と)わむ昨日(きのう)の春(はる)の夢(ゆめ)今(いま)はたさびし
松風(まつかぜ)の声(こえ)

（迦具土；和歌史·512）

太田水穂（太田水穂　おおたみずほ）

太田水穂（1876—1955），生于长野县，毕业于长野师范学校，本名贞一。1915 年创办《潮音》，除歌集《露草》之外，还有《太田水穂全集》。歌作以芭蕉俳谐为榜样，追求象征主义和现代的理智抒情。

69.　**西极处，银装秀峰，远望中。**

科野道上，吾自岿然。

作于 1899 年，作者转任到长野和田小学的途中所见所感，充满文学热情和朝气。

“みすずかる”，是科野的枕词修饰语，本义为收割水竹（信浓多水竹）。秀峰，指远望中的披银装之雪的日本阿尔卑斯山。

秀(ほ)つ峰(みね)を西(にし)に見(み)さけてみすずかる科野(しなの)の道(みち)に

吾(われ)ひとり立(た)つ

（露草；集成・P390）

70. **采桑女，青桑绿叶，清风起。**

娇音呼人，晚照虹霓。

题为“青岚”，见于歌集《冬菜》（1928 年）。

初夏时，吹动绿叶的清风，称为“青岚”。“青桑”，意即风中“秦桑低绿枝”之状。

1926 年前后，正是作者醉心于研究芭蕉俳句的“气”（意象感召；匂い）、“响”（声音动态；響き）、“移”（意象跳跃；移り）的艺术特质的时候，故在歌作中也做出声响动态，和跳跃、转移的意象连接。

青桑(あおくわ)の嵐(あらし)の中(なか)に人呼(ひとよ)ばふ女(おんな)の声(こえ)の遠(とお)き夕焼(ゆうやけ)

（冬菜；集成 • P390）

71. **原上露，生命如露，形影孤。**

求索无涯，决不停步。

作于 1946 年，见于次年刊行的歌集《流莺》。

生命如露，虽短暂而晶莹有光。露布于原野，无所不达，以之来诉说自己的人生追求。

时在战争结束后的次年，在人心混乱、颓废中，表现了沉静和坚毅。

命(いのち)ひとつ露(つゆ)にまみれて野(の)をぞ行(ゆ)く涯(はて)なきものを追(お)ふごとくにも

（流莺；集成·P390）

72.　正有如，西方雅典，有品位。日本风雅，定当守卫。

在战败后人心慌乱中，水穗决心坚守和歌的“花鸟之道”“风雅之道”。

至于原文歌中以瑞典为榜样，或一时姑妄之言，或落笔有误。揣摩其本意，或应是说“雅典”之文采风流吧！

西(にし)にして瑞典(すえーでん)ありひんがしに風雅日本(ふうがにほん)あるを誓(ちか)はむ

（流莺；集成·P390）

73. **成健忘，想不起事。忘眼前，**

忘了生命，忘了明天。

刊于《老苏森林》，作于 1952 年。

作者年近八十，因脑出血而病倒，又患肺炎，时有病床梦幻，但仍执着于生命，放松精神负担，创作和歌。

もの忘(わす)れまたうち忘(わす)れかくしつつ生命(せいめい)をさへや明日(あす)は忘(わす)れむ

（老苏森林；集成・P390）

74. **尽空无，历劫久长，甚凄凉。**

时光逝去，我却依然。

遗忘，不过是受到时间的恩宠，在虚无中延挨，与感伤为伴，苟延残喘而已。

空無尽絶対時劫(くうむじんぜったいじこう)すさまじき時(とき)の流(なが)れの中(なか)にわれあり

（老苏森林；集成・P391）

尾上柴舟（尾上柴舟　おのえさいしゅう）

尾上柴舟（1876—1957），生于冈山县，东京大学毕业。1905 年，主办“车前草社”；1914 年，创办《水瓮》。歌风内省，抒情温和。歌作见于《银铃》《尾上柴舟全诗歌集》。

75.　**终日想，知音何在，思绵长。**

立于街市，有如丐帮。

对友情的怀想，凄凄惶惶，有如乞讨者立于街市而乞求。这一景况描绘和寓意于象，别致新颖。

懐(なつ)かしき思(おも)ひ湧(わ)く日(ひ)は市(いち)に立(た)ち物(ぶつ)の乞(こ)ふ子(こ)らも知(し)る人(ひと)のごと

（静夜；名典・3163）

76.　**暮霭苍，林木环立，情消散。**

今日休闲，意亦适然。

傍晚时回首一天的情景，感到无事平安。以暮色沉寂、树木环伺衬托并表现内在心情。

夕靄(ゆうもや)は蒼(あお)く木立(こだち)をつつみたり思(おも)へば今日(けふ)はやすかりしかな

（永日；名典·3165）

77. 吊床软，海涅情诗，春梦酣。叶间天使，莫要窥探！

见于诗歌集《银铃》（1904 年）中的《天坛》二十二首。

作者在此前数年出版有译诗集《海涅的诗》（1902 年），海涅的诗以爱情诗著称。

歌作写了具有洋气时髦风的生活情调和浪漫恋情，表现出新时尚与和歌的融汇。

原文中的“守叶之神”，本是出自日本万物有灵论的树神。冠以“小”字，见其可爱，译作“天使”，更见与爱情的关联。

釣床(つりとこ)やハイネに結(むす)ぶよき夢(ゆめ)を小(ちい)さき葉守(はもり)の神(かみ)よのぞくな

（银铃；集成・P391）

78. **冬草上，洁白墓碑，排成行。**

让人默想：死本安详。

题记为“在青山上”五首歌之一。

作于1901年至1902年间，其间柴舟之母、兄相继病故。在其歌集《永日》中，他对人之生死有哀婉、沉寂的思索，也多有对母亲、兄长的哀悼之作。

本首歌既是自己的悲悼之情的寄托，也表达出愿死去的亲人平安上路的念想，更有对死亡的辩证通达的哲思玄想。

死(し)はやすきものとしおもふ白々(しろじろ)と墓(はか)おほく

立冬草(たつふゆくさ)の上(うえ)

（永日；集成・P391）

79. **日暮时，野火烟起，远山上。**

红光映照，更觉悲伤。

题为“天城之野火”（十六首之一），也出自《日记边缘》的卷首之歌，初见于歌杂志《创作》1910 年 5 月号。

天渐黑，眼看着野火的烟气变为红光通明的时候，山形黝黑，更激起旅愁、感怀等情思而深感悲伤。

歌中所说的“山”，就是作者的别墅所在地伊豆伊东近郊的太平山之属。

つけ捨(す)てし野火(のひ)の煙(けむり)のあかあかと見(み)えゆく頃(ころ)ぞ山(やま)は悲(かな)しき

（日记边缘；集成・P391）

80. **总是坐，减价电车，早上班。**

人生久长，活得呆板。

题为“各式各样的歌”中的一首，是对平庸呆板的人生的觉醒，是一首反思的歌。

天天同一的反复，使人深感寂寥、倦怠、虚无，本已浑然不觉，而此时突有感悟，自感其痛切之所在，也可以说是得到新生的开端。

かくてのみ生(せい)は続(つづ)くと割引(わりびき)の札(さつ)ある朝(あさ)の電車(でんしゃ)にぞ居(い)る

（日记边缘；集成・P391）

金子薰园（金子薫園　かねこくんえん）

金子薰园（1876—1951），生于东京都，寻常中学肄业。参加“朝香社”的活动。1904 年创设白菊会。1919 年创办《光》杂志。试作自由律短歌。歌集有《半圆月》，又见《金子薰园全集》。

81.　**黎明时，随心漫步，黄莺啼。**

竹丛曲径，娇音初起。

薰园的处女歌集《半圆月》（1901 年）共二百六十五首，此是第一首。

所写黎明、黄莺之初音、竹丛、小道，情景温婉，词句清新，被称为当年新一开头出现的最可注意的“新派和歌”。

与与谢野铁干的《明星》所代表的抒情派和歌不同，薰园的“写景派”和歌更吸引了歌坛的注目。

明(あ)け方(がた)の漫(そぞ)ろありきにうぐひすの初音(はつね)ききたり
藪(やぶ)かげの道(みち)

（月之片断；集成・P392）

82. 秋空高，寥廓广远，晴光照。行走的人，显得渺小。

薰园的第五本歌集《觉醒歌》（1910 年）共三百四十二首歌，此为第十三首。

虚写秋日行人的行走姿态，实际是一个内省的感悟：反观自身，只是一个有限的、渺小的存在。

在写景歌中包含着冷静与深刻的思想也是这一时期作者所致力于捕捉与发掘的“新的自我”的具现——在景中自有情致。

秋(あき)の日(ひ)の明(あか)るき空(そら)のもとを行(ゆ)く人(ひと)あらはにも小(ちい)さなるかな

（觉醒歌；集成·P392）

83. 看一看，崭新的我。每一天，一醒过来，总在唱歌。

上一首写到沉静思考，这一首写的是放声歌唱。实际上他的歌作正是追求二者的统一：内省的有思想之歌。

新(あたら)しきわれを見(み)いでしとある日(ひ)に覚(さ)めたる歌(うた)をうたひつづくる

（觉醒歌；集成・P392）

84. **山樱屋，微月晓光，齐入户。**

野鸡鸣叫，峰头山腰。

山樱户，在山樱盛开；樱树繁多之处，在以樱木造屋的山家。时间是月色犹残，曙色初现时。野鸡飞鸣，或在远山峰或在近山麓。

ほろぼろのと山桜戸(やまさくらと)のありあけに雉子(きじ)鳴(な)く声(こえ)す尾(お)より峰(みね)より

（伶人；名典・3185）

岛木赤彦（島木赤彦　しまきあかひこ）

岛木赤彦（1876—1926），生于长野县，毕业于长野师范学院。师事正冈子规，1900 年，其所在的《比牟吕》与《塔》合并。有志于构创幽玄的歌境。有与中村宪吉共著的《马铃薯的花》歌集，还有《赤彦全集》。

85.　**夕照烧，暗红深褐，空若焦。**

湖冰之下，静水寂寥。

题为“诹访湖”的一首，发表于 1914 年 2 月的《塔》。

诹访湖，在长野县中央邦，为一地热高的断层湖。

寒冬景况，湖冰已结，加之晚霞映现，因而景致特异。满天被染成暗褐发红，冰封的湖水下一片静谧。空与水，形成了强烈的对比。

夕焼(ゆうや)け空(ぞら)焦(こ)げきはまれる下(した)にして氷(こお)らんとする

湖(うみ)の静(しず)けさ

（礎火；集成・P392）

86. **堆得高，车夫推车，运茧忙。**

步履匆匆，冰光闪闪。

赤彦之作，有后期印象派画风，把光、色、形放在动态的糅合中处理。

写诹访湖边运送蚕茧的情景：车夫步履映照于冰面，冰光闪烁。

たかだかと繭（まゆ）の荷車（にくるま）を押（お）す人（ひと）の足（あし）の光（ひかり）も氷（こお）らんとする

（磋火；集成·P392）

87. **盯我看，目光长在，我身上。**

口涎垂下，尊长风范。

题为“我的父亲”中的一首，发表于 1918 年 9 月。

据其词书，6 月 14 日去探望病后仍须照料的父亲。其父塚原浅茅是一位小学教师，月余后逝去，终年 75 岁。

此次探望，赤彦已感知此即为死别。末句的“尊范”，实有遗颜之叹恨。

一直盯着我看的父亲的嘴边滴下口水，尊范犹存。

ひたぶるに我(われ)を見(み)たまふみ顔(かお)より涎(よだれ)を垂(た)らし給(たま)ふ尊(とうと)さ

（冰鱼；集成·P392）

88.　生下来，就未见过，妈妈面。

我凝望着，这娃小脸。

1916 年 5 月，赤彦与妻子先后到东京，居住在杂司日谷。同年 12 月，前妻生的儿子政彦病亡。悲伤的父亲赤彦凝视着这可怜的孩子的脸而作歌。

幼(おさな)きより生(う)みの母親(ははおや)をしらずしていゆくこの子(こ)の顔(かお)をながめつ

（冰鱼；集成·P392）

89. **湖冰融，湖水呈露，寒犹在。**

移向新月，波影之间。

题为“诹访湖畔”，见于 1924 年《塔》。

从秭荫山房的里间廊下眺望诹访湖，湖冰消融，时在 2 月中旬。

作者在评说山部赤人的文章中说道：“沉潜于静穆的气性中，深入人生的寂寥之处。”（评其《象山之歌》）这也就是赤彦的叙景歌的理想境界。

湖水的冰融化很久后，依旧把寒气转送到新月的光影里。

みずうみの氷（こおり）は解（と）けてなほ寒（さむ）し三日月（みかづき）の影波（かげなみ）に移（うつ）ろふ

（太虚集；集成・P393）

90. **邻室中，传来儿女，读书声。**

心中不免，悲辛阵阵。

题为“有恙病中”之第八首，见于 1926 年 4 月

《塔》。

词书说：2 月 13 日回国，昼夜疼痛，呻吟不息，痛在脊骨脊肉间。

前已有因胃痛入院之事，到 3 月 27 日终病逝。时赤彦有三男二女，小者年仅十四岁。

在卧病之室中，听闻隔壁房间读书的孩子们的声音，心中涌起深深的伤痛。

隣室（りんしつ）に書（ふみ）よむ子（こ）らの声（こえ）聞（き）けば 心（こころ）に沁（し）みて生（い）きたかりけり

（�袮荫集；集成・P393）

91. **信浓路，迟迟春天，何时还。**

日落余光，空中泛黄。

题为“有恙病中”之第十首，见于 1926 年 4 月《塔》。

春风迟来的信浓路之所向，是作者的故乡。病中归来，心中不免感慨。

歌之二句、五句都用了“字余”，即多一音的表现，实是感情勃发、不拘一格之故。上三句写对春天的向往，下二句写日落后空中光色的变化。

信浓路什么时候会变成春天，日落后会变成黄色的天空。

信濃路(しなのじ)はいつ春(はる)にならん夕(ゆう)づく日入(ひい)りてしまらく黄(き)なる空(そら)の色(いろ)

（秭荫集；集成・P393）

92. 我家犬，跑哪去了？找不见，今宵念此，难以入眠。

题为“病中”之第二十一首，时间署为3月21日，是赤彦逝世之前的最后一首作品。

斋藤吉茂评曰：歌风神韵缥缈而语境朴素，又无善恶之问题，实为子规的根岸短歌会的特质。所念之事虽只小事，但可以看出歌人严谨的人生态度和温暖宽厚的心地。

我が家の犬はいずこにゆきぬらむ今宵も思ひ出でて眠れる

（秭蔭集；集成・P393）

93. 偶想与，不在身边，子与妻，一起喝茶，轻松休息。

题为“病中”二十一首之一，也是作于离世前不久的一首歌。

想念家人，情思朴素，文笔自然。

偶さかに吾を離れて妻子らは茶を飲み合へよ心休めに

（秭蔭集；集成・P393）

宇都野研（宇都野研　うつのけん）

宇都野研（1877—1938），生于爱知县，毕业于东京大学。1918 年入会“心之花”，更师事洼田空穗。1921 年创办《朝之光》（后改名为《劲草》）。歌风写实，有歌集《木群》《宇都野研全集》。

94. **哭声起，孩子已去，母抽泣。**

接过诊费，揣进怀里。

“街头”（1928 年）中之一首，词书为“以行医为业”。

医生不顾及孩子已死，其家人悲伤哭泣，腆然收钱完事。医生本无错，但作者想表现的是内心深处的某种不安感。

本来，诊疗费并不会直接交到医生的手上，但歌中直写如此，更令人思索其中的意味。

事(こと)切(き)れし子(こ)にし哭(な)きつるその手(て)して賜(た)びたる銭(ぜに)

を懐(ふところ)にしぬ

（宇都野研全集；集成・P394）

95. **丸大厦，截断空中，一角间。**

兹伯利号，横穿一点。

“征服全球空域”（1929 年）五首中之一。

同年的 8 月 15 日，从德国出发的兹艾兹伯利号飞船在 19 日午后抵达日本，先后飞访了东京和横滨。

这是当时世界上最大的飞船，正在进行环绕世界一周的行程，引发日本国民高度的关注。当其在东京上空出现时，市内汽笛高鸣以致意。

当时正在建筑的丸大厦，其高度似以一角就截断街道的天空。歌中之语，颇见新意。下二句更写出当目光捕捉到兹艾兹伯利号飞船时的激动。

ビルデイングの一角(いっかく)が截(き)る街(がい)の空(からひと)一つ点(てん)と見(み)えツエツペリン来(く)る

（宇都野研全集；集成・P394）

96. **抬望眼，兹伯利号，远空来。**

越来越大，清晰可见。

同上题之一首，写兹艾兹伯利号飞船从远空飞来，令人惊奇的情景。

あふぐ眼(め)にツヱツペリン(りん)見(み)る見(み)る大(おお)いなり確(しか)と

大空(おおぞら)を領(りょう)して来(く)る

（宇都野研全集；集成・P394）

冈麓（岡麓　おかふもと）

冈麓（1877—1951），生于东京都，中学肄业。1900年师事正冈子规，参与“根岸短歌会”的开设和《马醉木》的创办，《塔》的编选者。现实的歌风和独特的转折。歌作见于《庭苔》和《冈麓全歌集》。

97. **庭土干，白净土上，花粉满。**

松花之粉，绵软溜光。

题为“松花”三首之三，约作于1917年。

时作者任职于德川文库，在小石川一山脚下，“庭院宽阔，四季风光雅致”。

对其风情，多有歌作，成《庭苔》一集。言辞平和，见其风格。

庭院表面干燥，白色的泥土上堆积着松的花粉，很滑溜。

庭(にわ)の面(も)の乾(かわ)きて白(しろ)き土(つち)の上(うえ)に松(まつ)の花粉(はなこな)が上溜(うえた)

まりすも

（庭苔；集成・P394）

98. **抄写了，古书目录，摊窗边。**

柏树青叶，随风飘卷。

与上一首同题，上首写松花之粉，这首写柏树之叶。

かがまりて古書目録(こしょもくろく)を書(か)きており窓(まど)の柏木若葉(はくもくわかば)をわたるそよ風(かぜ)

（庭苔；集成・P394）

99. **湿半边，苞米垂穗，高地上。**

雨点斜降，顺穗流淌。

题为“夏之始”三十五首之一，作于 1949 年，此时作者已 72 岁，写了在二战时的疏散地—— 信州会染村的所见所感。

其所刊歌集《雪间草》，乃是其离世后才出版的第六本歌集。

本首状物细致，音韵流动，平淡中有余韵。

高地的谷穗低垂，雨点斜落而流淌。

あげ畠(はたけ)の黍(きび)のたり穂(ほ)の片(かた)おもり雨(あめ)は斜(なな)めに降(ふ)りて流(なが)れる

（雪间草；集成·P394）

100. **拉门开，燕子翩翩，飞进来。**

不弃蔽居，驯顺安在。

与上一首同题，也是写在信州会染村的所见所感。

借燕子之状，写出自己难得的闲适与短暂的安定。

障子(しょうじ)あけておけば燕(つばめ)がいで入(い)りし鄙(ひな)の住居(じゅうきょ)に馴(な)れて安(やす)らぐ

（雪间草；集成·P394）

窪田空穂（窪田空穂　くぼたうつぼ）

窪田空穂（1877—1967），生于长野县，东京专门学校毕业，早稻田大学教授。1915 年创刊《国民文学》《昼野》。歌作追求真实性、客观性的境界。歌见于《窪田空穂全集》。

101.　**击铜钲，信浓国中，巡礼遍。**

欲见生时，慈母颜面！

空穂之母卒于 1897 年 8 月，年寿六十，葬于信浓国。

当时空穂二十岁，为其母四十岁时所生子，对之钟爱有加。作者对母亲的感念之心亦切。

歌作设想自己成了一个击钲（铜制，如钟）巡礼的僧人，走遍母亲葬所之信浓国，以期盼能与母亲相遇。

鸣钲巡礼，走在信浓国，希望能看到母亲吧。

かね　　しなの　くに　い　ゆ

鉦ならし信濃の国を行き行かばありしながらの

母見（ははみ）るらむか

（白昼野；集成・P395）

102. **泉水涌，汩汩不断。起而盛，**

随后衰减，再而更胜。

为歌集《泉边》的卷头歌，此集作于 1916—1917 年间。词书为“柳原深处有泉，清流涌出，其音淙淙。夏之日，泉边绿草如茵，不觉伫立忘返”。

作者追忆的是，从初小升入高小后，上学去往相距两里地的学校途中的所见所感。途中的砂田神社附近开阔的柳原，憩息于树下，面对涌泉，思索人生。

泉水翻腾一下子就涨起来了，涌起落下又涌起。

わきいずる泉（いずみ）の水（みず）の盛（さか）り上（あ）がりくずるとすれや猶盛（なおさか）り上（あ）がる

（泉边；集成・P395）

103.　**见夏川，汩汩水流，伴生愁。**

一时忘了，我真在否?

同上情景中之歌。

少年言愁，并非真愁。然佯作愁思，久之却忘了并不愁之本我。

夏川(なつがわ)の水(みず)に見(み)とれて　忝(かたじけな)　もの思ひ忘(わす)れ我(われ)が

ありけるか

（泉边；集成·P395）

104.　**俩孩子，轻握手中，母魂萤。**

萤乃妻魂，夜临水滨。

题为“妻子娘家”。

空穗之妻藤野，在生第三个孩子时死于难产。

空穗将十岁儿子章一郎、五岁女儿文子寄养于妻子娘家。半年后回来，父子团聚相见，子、女邀其夜至青田，三人面对萤光，故有此歌。

古歌中多有萤之光，乃人之魂的寄托，多以

见其悲也。收录此歌的《眺望土地》俱是伤悼亡妻之作。

其子等抓握着母亲之灵魂所化之萤，夜幕降临时来到水滨。

其子等(そのこなど)に捕(と)らえられむと母(はは)が魂(たま) 蛍(ほたる)となりて夜(よ)を来(き)たるらし

（眺望土地；集成・P395）

105. **黑而暗，青焰一点，水底燃。**

出水萤火，孤单低翔。

同上题之歌。

萤火本多群聚，而本首歌中独咏其“一”，乃注目于妻魂之所在。

射干玉(ぬばたま)の暗(くら)くの底(そこ)ひにか青(あお)くも 滴(したた)りともる一(ひと)つ蛍火(ほたるび)

（眺望土地；集成・P395）

106.　**父亲说，幽居默处，往来少。**

罕求于人，亦免搅扰。

歌作见于《镜叶》1926 年刊。

空穗之父逝世于空穗二十三岁时，母已逝于两年前。

其父逝世前，为农协事，与读高中的空穗都住在松本城中。长期相处，父亲之人生教诲和指导，空穗都写入歌中。

よきところ一つある人（ひと）は稀（まれ）なるをさな求（もと）めそ

と言（い）わしきわが父（ちち）

（镜叶；集成·P395）

107.　**云如海，空中摇荡。边际上，**

烧岳烟柱，向空升翔。

题词为“于枪岳之西，喜见‘云海’”，作歌八首，此是其一。

时在1922年7月，数日徒步于日本阿尔卑斯山，从乌帽子岳到枪岳。

30 多岁的空穗对徒步旅行、登山饶有兴趣，勇于实践，作有《日本阿尔卑斯徒步记》，在歌中把所见所感与人分享。有关歌作有 32 首。

歌中的“烧岳”，海拔 2455 米，为长野县与岐阜县境中的火山，1915 年，水蒸气喷发，夹泥浆成“大正池”，歌中的“细烟”语正状其喷发之情景。

雲海（うんかい）のはたてに浮（う）かぶ焼岳（やけだけ）の細（ほそ）き煙（けむり）を空（そら）にしあぐる

（镜叶；集成・P396）

108. 说父母，唯我犹存。茂二郎，活着的我，独自悲伤。

此首是 1946 年 8 月所作之“我心甚悲”九首之一，刊登于 1951 年的歌集《冬木原》中。

空穗之二儿茂二郎于 1942 年被征兵，此子本体质虚弱，连在早稻田大学的军训都难以支撑。战后据报被苏军俘虏，1946 年死于西伯利亚。空穗悲痛不已，多有歌作咏叹。

说到父母，那就只有我一个人，我子茂二郎啊，让活着的我悲伤吧。

親(おや)と言(い)へば我(われ)ひとりなり茂二郎(しげにろう)生(い)きおるわれを悲(かな)しませ居(い)よ

（冬木原；集成·P396）

109. **老境中，孤独之身。天地人，**

空阔寂寥，一息尚存。

题为“老境”七首之一，为作者 78 岁时所作。见于 1951 年歌集《丘陵地》。

人是宇宙间一个渺小的存在，梦幻终结，只身独存。老去之身一条命停留在天地的广漠空寂中。

命(いのち)ひとつ身(み)にとどまりて天地(あめつち)の広(ひろ)く寂(さび)しき中(なか)にし息(いき)す

（丘陵地；集成·P396）

110.　身尚存，欲望自消，淡泊成。

少私寡欲，安适无争。

同于上题“老境”中之一首。

表达淡泊立身的境界。几与道家之说相同。

生(い)きの身(み)のもつ欲望(よくぼう)の自(おの)ずから薄(うす)れ去(さ)りては

心(こころ)の安(やす)き

（丘陵地；集成·P396）

111.　冬蔷薇，黄花崩落，自纷纷。

其中机微，何可支配！

题为“杂咏”组歌中之一首，空穗 83 岁时所作，见于其第二十本歌集《老槻树下》（1960 年）之末卷。

冬日庭中，蔷薇落尽。大自然之行藏，不以人的意志为转移，其背后似有更大的“理式”在支配。

七零八落的黄色冬蔷薇仿佛不可挽留地要凋零似的。

はらはらと黄(き)の冬薔薇(ふゆばら)の崩(くず)れ去(さ)るかりそめならぬことの如(ごと)くに

（老槐树下；集成·P396）

112. **老夫妻，相依互为，如空气。**

不用想起，决不忘记。

题为“老之疲惫”十首之一。

见于歌集《去年的雪》，收空穗年 88—90 岁所作之歌，是他生前最后的一本歌集。多咏叹垂老夫妇的相处，多有箴言式感悟。

“存而忘之”“无可思求”，在思绪往返中表达了平易而深切的相处相依。

其妻空穗夫人，也是一位歌人，以林圭子的笔名，刊发有歌集《厨房中》《白鹇》。

老夫妻俩互相变成了空气，不由得忘记了对方的存在。

老(お)い二人(ふたり)互(たが)いに空気(くうき)となり合(あ)いて有(あ)るには忘(わす)れ

無(な)きを思(おも)わず

（去年的雪；集成・P397）

113.　**可恃者，唯有生命，之意志。**

眼睑虽沉，不瞑今日。

逝世前四天有二绝咏题为“4 月 8 日”，此为其一。

空穗长眠于 1967 年 4 月 12 日夜，享年九十。

可以看到作者在生命的最后时刻的意识的动荡，坚持求生存的紧张意识活动。

まつはただ意志(いし)あるのみの今日(きょう)なれど 眼(まなこ) つぶれば 瞼(まぶた) の重(おも)し

（清明节；集成・P397）

114.　**偶然间，心有一感：在今天，**

我之生命，已到顶点。

上题之第二首。这是空穗最后的一歌。

“生命顶点”之说，一是指结束点，二是寓指生命的“高峰体验”——人生的至高满足。

かりそめの感(かん)と思(おも)はず今日(けふ)を在(あ)る我(われ)の命(みこと)の頂点(ちょうてん)なるを

（清明节；集成·P397）

平福百穂（平福百穂　ひらふくひゃくすい）

平福百穂（1877—1933），生于秋田县，毕业于东京美术学校，画家。1903 年起，师事伊藤左千夫，加入《马醉木》《塔》。歌作写实中有雅气。歌作见于《寒竹》。

115.　**由此看，岩鹫山东，岩手国。**

其山岭势，东倾斜坡。

题为“故园春雪”二首之二，词书为“在国见岭”。

初见于 1907 年 5 月《马醉木》。

在世森山之南，岩手县与秋田县境中屹立着国见岭，眺望北方的驹岳，以及更远的岩手山，而作成此歌。

ここにして岩鷲山(いわわしやま)のひむがしの岩手(いわて)の国(くに)は傾(かたむ)きて見(み)ゆ

（寒竹；集成・P397）

116. **荷兰风，精妙细密，写真容。**

白兔身上，竹影浮动。

题为“荷兰画”七首之六。词书为“安永年间，秋田藩主佐竹曙山及小田野直武等作有西洋画”。

作者毕业于东京美术学校日本画科，为日本美术院会员的一流画家。题写藩主昔年所绘之荷兰风画作，流现出惊异与感动，体现了切实与清新的歌风。

こまごまにいがきたる絵(え)は真白(まっしろ)なる兎(うさぎ)に笹(ささ)の影(かげ)を落(お)とせる

（寒竹；集成·P397）

117. **陆奥国，出羽太守，之写真。**

荷兰画法，栩栩如生。

旧时的陆奥出羽，是百穗的家乡所在地。

看到往昔太守的画像，生动细致，审之为荷兰式画法。作为日本名画家的作者，表示出惊异与感动。

陸奥(みちのく)の出羽(でわ)の太守(たいしゅ)と生(う)まれけむこの君(きみ)にして描(か)ける阿蘭陀絵(おらんだえ)

（寒竹；集成・P397）

118. **原上草，枯荣岁岁，野火烧。**

迢迢古道，相思寂寥。

歌作见于《寒竹》集，百穗一生只有此一歌集。

歌作颇于拟白居易诗上用意：“离离原上草，一岁一枯荣。野火烧不尽，春风吹又生。远芳侵古道，晴翠接荒城。又送王孙去，萋萋满别情。”意味与此诗甚相近，词气有创新。

枯草(かれくさ)を焼(や)きつつ心(こころ)さぶしかりはるけき道(みち)に思(おも)ひ至(いた)るも

（寒竹；名歌辞典・3556）

与谢野晶子（与謝野晶子　よさのあきこ）

与谢野晶子（1887—1942），生于大阪府，堺女子学校毕业。加入“东京新诗社”。1900 年，与与谢野铁干结婚。为“明星派”的兴盛而尽心力，成为浪漫派短歌的代表歌人。歌集有《乱发》《定本与谢野晶子全集》等。

119.　**若非是，长发解散，水中荡。**

少女恋心，何可释放?

歌集《乱发》一开始三首歌之一，给人强烈、高扬、阳光的印象。

自恋的倾向，自指自道，增添了话语力量。高屋建瓴的命令式句式和疑问式句式，而形成决断的语势。同时其背后隐含流露的动心忍性的恋慕，绵延的感伤、淡淡的悔恨的意蕴。这就是《乱发》的特征。

髪五尺(かみいしゃくと)解きなば水(みず)に柔(やわ)らかき少女心(おとめごころ)は秘(ひ)めて放(はな)たじ

（乱发；集成・P398）

120. **这美人，二十秀发，妆容成。**

美丽动人，艳逼阳春！

其歌集《乱发》在这一具有象征意味的标题之下，歌咏头发之作甚多。

和泉式部之“无题”歌作：“心甚烦，头发纷乱，胡乱躺。抚我爱我，我之情郎！”（姜译《日本中古和歌500首》歌271）在一个虚构的框架中展示自己的爱情向往：亲切体贴自己的人！本歌之爱情追求，可谓与式部之作伯仲比肩。但展示美艳，气度昂然，自信满满，则大过之。

その子二十櫛に流れる黒髪のおごりの春の美しきかな

（こはたちくし　なが　くろかみ　はる　うつく）

（乱发；集成·P398）

121. **祇园樱，清水寺月，分外明。**

所遇所共，女美男俊。

从冈崎向清水寺，从智恩院前八坂神社而南，经祇园出清水道，皆京都名胜之所，赏樱胜地。

樱花盛开时的京都东山区，月光明丽，人情激荡，红男绿女，无与伦比，既写出了这样的情景，又显示出对人之美的注目与颂扬。

清水(きよみず)へ祇園(ぎおん)を過(よ)ぎる桜月夜(さくらづきよ)こよひ逢(あ)う人(ひと)みな
美(うつく)しき

（乱发；集成・P398）

122. **拥玉肌，心摇情焰，血涌潮。**
谈理说道，君不寂寥？

对旧传统中，视异性之爱为不义不道德的羞耻之事的看法，做出有挑战性的描述与责问。勇气可嘉，词情可感，笔调可贵。

やは肌(はだ)の熱(あつ)き血汐(ちしお)にふれも見(み)で寂(さび)しからずや
道(みち)を説(と)く君(きみ)

（乱发；集成・P398）

123.　虽无约，待君之来，长盼期。

秋野花茂，月明之夕。

或有歌本，式子内亲王歌：“秋庭中，闲踏梧桐，黄叶行。虚步若云，静待知音。”（姜译《日本中近世和歌500首》歌56）白居易诗：“秋庭不扫携藤杖，闲踏梧桐黄叶行。”（《晚秋闲居》）

此二歌、诗在闲适、闲寂的氛围中，所等并非定是情人、恋人，而是知音、知友之类。晶子之作聚焦于爱情，是对情人的期盼。

何(なに)となく君(きみ)に待(ま)たれる心地(ここち)して出でし花野(はなの)の夕月夜(ゆうつきよ)かな

（乱发；集成・P398）

124.　金光闪，小小鸟儿，漫空翔。

银杏飘散，夕照山冈。

《恋衣》是一部合成歌集：山川登美子的《白百合》、增田真子的《尽实》及晶子的《曙染》，三集合成，刊于 1905 年。

歌作带有妙龄少女的气息，童谣情调，表现出近代女性的人性复苏，自由清新。

金色の小さき鳥の形して銀杏散るなり夕日の岡に

（恋衣；集成・P399）

125. 远江静，流贯国中，天龙川。油菜金黄，富士在望。

所写天龙川，从北到南流经远州、国中；大井川，以諏访湖为源流贯骏河国国境，水流湍急。

二河与沿河的油菜花地相映衬，且远处有白雪如盖的富士山，景致美好卓异。

遠つあふみ大河流れる国なかば菜の花咲きぬ富士をあなたに

（舞姬；集成・P399）

126. **念君手，抚我肩臂。触电间，**

瞬时崩出，春之世界。

这是《乱发》歌集以来形成的“冷艳素香的诗境”（《乱发》广告词）的歌风。

以真情、热情、激情为根基，以开朗、天真、无畏为格调，开创新风，除去陈腐，展示新生。

わが肩(かた)に春(はる)の世界(せかい)のもの一(ひと)つ崩(くず)れ来(こ)しやと
御手(おて)を思(おも)ひし

（梦之华；集成·P399）

127. **生龙苦，生子如猪，莫哭唤。**

怀孕生子，人生实难。

刊行于 1912 年的《青海波》。

晶子二十五岁，已是七个孩子的母亲，长子光年仅十岁，前三年所生的三子麟尚幼无知；前一年所生四女宇智子，还是双胞胎仅保下来的一个。晶子有歌记言曰：“生子如赌命。”

如此歌作，也看出如晶子这样的才女的人生、生活的艰辛不易。

悪龍(あくりょう)となりて苦(にが)み猪(い)となりて啼(な)かずば人(ひと)の生(う)み難(かた)きかな

（青海波；集成・P399）

128. 已厌倦，恋之终结，尽忧愁。把这寂寥，当新开头。

恋歌自《万叶集》以来，已有多种情态和表现。如《六百番歌合》中，有百题之下的恋情的五十种变相，等等。可以说围绕此意味，有过无数的秀作名歌。其中也多指向恋情的终结——虚幻与空寂。

晶子是恋歌的热情咏唱者，其笔下将终结指向了继续、发展和新的开始。这是颇有新意的。

飽(あ)くをもて恋(こい)の終(お)わると思(おも)ひしに此寂(このさび)しさも恋(こい)の続(つづ)きぞ

（青海波；集成・P400）

129. **啊五月，原野如火，法兰西。**

红紫罂粟，你我欢聚。

《从夏到秋》刊行于 1914 年。

其中不少歌作，抒写了 1911 年 12 月，晶子夫妇游欧多国的历程。罂粟花，是在意大利卡姆巴利亚（Campagna）原野所见。

本首比喻新奇、形象生动。歌中的“罂粟”，指火红、紫红的罂粟花。

ああ皐月(さつき)仏蘭西(ふらんす)の野(の)は火(ひ)の色(いろ)す君(きみ)も雛罌粟(こくりこ)われも雛罌粟(こくりこ)

（从夏到秋；集成・P400）

130. **初夏时，我们一起，购物忙。**

香榭丽舍，绿树阴凉。

巴黎香榭丽舍的东段为林荫步道，西段为商场购物区。

本首写到了在巴黎逛街购物的情景，体现了异国情调以及自己的快乐幸福感。

物売(ものう)りに吾(われ)もならまし初夏(はつなつ)のシャンゼリゼ-の青(あお)き木(こ)の下(した)

（从夏到秋；集成·P400）

131. 人世间，建构艺术，大殿堂。我乃黄金，一钉钉上。

表现自己的最高人生愿景的一首歌，见于歌集《草之梦》（1922 年）。

歌作充满激情想象。原文歌中说到的“劫初”，为佛教语，指人世之初始；“殿堂”，艺术殿堂，其本意或指《列王记》中所罗门王的殿堂。

劫初(ごうしょ)より作(つく)り営(いとな)む殿堂(でんどう)にわれも黄金(こがね)の釘(くぎ)一(ひと)つ打(う)つ

（草之梦；集成·P400）

132. **冬夜暗，君如明星，长空亮。**

一星映耀，群星煌煌。

题为“星”，1935年，与谢野铁干逝世，晶子作挽歌共87首，此是其中一首。

其意象也取自晶子的法名“白樱院凤翔　晶耀大姊”。

冬(ふゆ)の夜(よ)の星(ほし)君(きみ)なりき一(ひと)つをば云(い)ふにはあらず悉(ことごと)く皆(みな)

（白樱集；集成・P400）

长冢节（長塚節　ながつかたかし）

长冢节（1879—1915），生于茨城县，寻常中学肄业。入于正冈子规门下，为《马醉木》《塔》之同人。开拓写生歌的独特境界，显出清冷的气质。有《长冢节歌集》。

133.　**夜深时，稗草小花，开落寂。**

无人知悉，秋来又去。

题为“初秋的歌”，为其第一首，1908 年 8 发表于《马醉木》。

时作者 29 岁，与冈麓、岛木赤彦交流倾诉的书简甚多，言己多有旅行之事。

歌作有《万叶集》风调，通俗而写实。

さ夜(よ)ふけに咲(さ)きて散(ち)るとふ稗草(ひえくさ)の密(ひそ)やかにして秋(あき)さりぬらむ

（长冢节歌集；集成・P401）

134.　秋之来，蚱蜢动须，甚幽微。

闭目静会，方能体味。

题为“初秋的歌”第五首，以“马追虫的须髭”为序词，一、二句写出对秋之到来的细微的感触。

马追虫，中文螽斯，俗称蚱蜢、蝈蝈。以其髭须之动声，写秋意初临之微。

秋意初来，动止细微，要静心闭目，方能体味。歌作集观察、象征、比喻于一体，体现出日本人季节感的纤细、敏锐。

馬追虫(うまおひ)の髭(ひげ)のそよろに来(く)る秋(あき)は眼(まなこ)を閉(と)じて思(おも)ひ見(み)るべし

（长冢节歌集；集成・P401）

135.　零露溥，芋叶承露，白如玉。

玉珠入土，小芋形凝。

题为“初秋的歌”第十首。

这些歌都以植物栗、锯草、松叶、梧桐、

乌瓜等日所常见的植物为素材，表达对秋天的感触，以可视可感的世界，表现深细难明的情思感悟。

本首是以芋头为媒介来完成这一表现。原文三次重复“零落”（零れ），以形象地体现露水落于芋叶，化为芋头的情景。

零露漙，露珠圆而多，语出《诗经·郑风·野有蔓草》。

芋(いも)の葉(は)に零(こぼ)れる玉(たま)の零(こぼ)れ零(こぼ)れ子芋(こいも)は白(しろ)く凝(こ)りつつあらむ

（长冢节歌集；集成·P401）

136. **山地上，远风吹来，芋叶荡。**

摇来摆去，着实忙乱。

这首写山芋的歌，乃是初入子规门下时朴素写生之作。

这首和上一首一样，是“通过可视的世界而洞察不可视世界”（木俣修语）的体现。作者创作的进步，和歌抒写的特点，都可由此而得以发现。

はたけ　うえ　かぜ　わた　いも　は　ゆ
畑の上を風の渡れば芋の葉のゆらゆら揺れて
いそが
忙しきかも

（长冢节歌集；集成・P401）

137. **齐共盼，病愈人康，念思长。**

悲伤之时，饭却减半。

题为“有如针灸”二十八首之一，见于 1914 年 7 月《塔》。有词书为：“来信上写有务望康愈的话，至感欣慰。”

作者在与黑田女士订婚后，被诊断为喉结核而入院，在“有如针灸”题下的歌作，皆为其与疾病作战的日记式的内容。

此歌为 5 月时回赠未婚妻黑田女士之歌作，其所送的花篮上写有一歌：“百合花，其香利于，人安眠。药中本无，至祷至祝。”

やまいい　おも　かな　とき
ひたすらに病癒えなと思へども悲しき時は

飯減(はんへ)りにけり

（长冢节歌集；集成·P402）

138. **吮母乳，成人之我，远方回。**

青蚊帐垂，清冷难睡。

发表于1914年《塔》。词书说道：3月中旬到东京入院，到5月30日雨中出院返乡时作，亦“有如针灸”中的一首。

“青蚊帐”，是母亲遗留之物，今我眠其中，清冷伤感。

原文中“垂乳根”为母亲的枕词修饰语，其在和歌传统中由来自有。有“哺我育我、仁慈的”之意。且置之首句，与原文末句（译文第四句）“青帐垂垂”形成照应。

垂乳根(たらちね)の母(はは)が釣(つ)りたる青蚊帳(あおかや)をすがしといねつ

垂水垂れども

（长冢节歌集；集成·P402）

139. **着单衣，心情爽朗，安度日。**

这个夏天，我不会死。

在回乡的一段时间中，家乡的风物、母亲的温暖，还有爱情，都使作者的内心得到了安适。这是作者在故乡最后的歌。

单衣(ひとへ)きて心朗(こころほが)らかになりにけり夏(なつ)は必(かなら)ずわれ死(し)なざらむ

（长冢节歌集；集成・P402）

140. **银针细，蝈蝈低唱，在侧旁。**

才几秋夜，天气已凉。

题为“有如针灸”之第四首。

见于 1914 年 9 月《塔》。作于 7 月 24 日。词书有言：“大学医院院内散步时，见杂草茂盛，处处丛聚。长夜闻蝈蝈鸣叫。”

此歌后被刻为歌碑，立于其终焉地九州大学医院内。

白銀(しろがね)の鍼打(はりう)つごとききりぎりす幾夜(いくや)はえなば涼(すず)しかるらむ

（长冢节歌集；集成·P402）

141.　**蝈蝈叫，夜闻其声，对月亮。**

形隐草中，声渐微茫。

同时所作夜闻虫鸣之歌，尚有这样一首，其情境颇相近。

きりぎりす聞(き)こゆる夜(よる)の月見草(つきみくさ)おぼつかなくも只(ただ)ほのかなり

（长冢节歌集；集成·P402）

山川美登子（山川登美子　やまかわとみこ）

山川美登子（1879—1909），生于福井县，日本女子大学肄业。加入“东京新诗社”，和与谢野晶子一起，致力于“明星派”的兴起，共著有《恋衣》。因结核病而夭逝。歌作哀婉清凄，有《山川美登子全集》。

142. **白百合，长发飘飘，美少女。**

君膜拜我，我思念你。

歌集《恋衣》的启首歌。

美登子于1900年与山川驻七郎结婚，翌年丈夫病逝，她自己也卧病很久。该首歌是与夫君死别后所作的，表达自己的美好和与夫君的情感之深。

首句的“长发”，是女性的性魅力与情欲的象征。“白百合”虽是与蔷薇、紫罗兰皆为时人所喜爱的花，但百合是圣人、圣母之花，有着纯洁、高雅、诚实、尊严等意味。美登子极惬意于被人称为“白百合君”。

髪長(かみなが)き少女(おとめ)と生(う)まれ白百合(しろゆり)に額(ぬか)は伏(ふ)せつつ君(きみ)をこそ思(おも)へ

（恋衣；集成・P402）

143.　**让朋友，且得红艳，花常好。**

背身而泣，摘忘情草。

初见于《明星》1900 年第 11 期。

有注为“与晶子君游住之江”。有说是哀伤断念于已决定和与谢野晶子结婚的与谢野铁干的恋情纠缠而作。

实际表达得更多的人是对展开新的恋情的希望和思考：忘情草、忘忧草，不是真以感伤的情绪来面对、来摘取，而是表面化的感情转化的寄托，随意一说，以表现无伤大雅的通达。

それとなく紅(くれな)き花(はな)みな友(とも)にゆずにそむきて泣(な)きて忘(わす)れ草(くさ)つむ

（恋衣；集成・P403）

144.　**守灵人，踪迹全无，我棺孤。**

寂寞原上，春霞绕护。

初出于《明星》1908年第5期。

美登子因其亡夫而感染了结核病，作此歌后一年而终故亡。

此病当时乃为绝症，美登子在其治疗、疗养的五年间，常常和自己的病与死对话，久不以其为恐怖的对象，而是安适地等待着它的到来。

歌作想象自己出殡时的情景，第五句更使全歌产生动人的魅力。

わが柩(ひつぎ)守(まも)る人(ひと)なく行(ゆ)く野辺(のべ)の寂(さび)しさ見(み)えつ霞(かすみ)たなびく

（山川美登子集；集成・P403）

145.　**一女子，生于人世，似重来。**

如花可爱，似月可怀。

虽面对病痛折磨与死亡的威胁，但勇敢、乐观地对女性进行歌颂。

虽然人世轮回，但女性之美长存，永如花月般可爱可怀。

女（をみな）にて又（また）も来（こ）む世（よ）ぞ生（う）まれもし花（はな）もなつかし月（つき）もなつかし

（临死之前；名典·3571）

茅野雅子（茅野雅子　ちのまさこ）

茅野雅子（1880—1946），生于大阪府，毕业于日本女子大学，本姓增田。加入“东京新诗社”，与晶子、美登子合著之《恋衣》得到好评，与《明星》同人茅野萧萧结婚，后在《昂》《青鞜》上发表作品。

146.　**无言间，白梅暗香，袭衣上。**

相依相伴，春夜梦幻。

题为“红恨”十六首之一，投稿于《明星》1901年第11期。

这是有着“白梅”雅号的雅子的一首代表作。

把对男性的恋情喻为白梅之幽香，再以春夜之梦做归结，流露出女子内心的柔弱、优美、怀想的情愫。

白梅(しらうめ)の衣(きぬ)に薫(かおる)と見(み)しまでよ君(きみ)とは云(い)わじ春(はる)の夜(よ)の夢(ゆめ)

（恋衣；集成・P403）

147. **秋之晨，我拍手间，白云涌。**

山里人家，思念之中。

歌作有着杜牧《山行》诗的影子：白云深处有人家。进一步表明：这是我思念的所在。我拍手间，高兴的情思在涌动。

秋の朝わが手たたけば白雲の湧き出ずるかと
思ふ山の家

（金沙集；名典·3582）

会津八一（会津八一　あいずやいち）

会津八一(1881—1956），生于新潟县，毕业于早稻田大学。东方美术学家、书法家。从俳句创作转向短歌吟咏，重视歌作的声韵，歌作发表时，多尽以假名表记，不用汉字，以显示其声韵。有《会津八一全集》。

148.　**微笑间，现世梦幻，象教中。**

百济古佛，特见尊容。

歌中的“百济古佛”，指法隆寺传自飞鸟时代的古佛像，身姿修长，神态端丽，显现出人世与梦中罕见的心地，暗示自己的心灵正与此相通，更是自己所向往与崇尚的。

译歌中的“象教”，指佛教以“象”显现佛理的教义，杜甫《同诸公登慈恩寺塔》：“方知象教力，足可追冥搜。”其注：“象教”：佛教。佛教借形象以教人。原文仅写佛立于人心之中。

作者有着“歌可以唱”的短歌观，往往对歌文加以分节停顿，以显轻重音的标记。本首在其“全集”中，也是做过分节表记的。

微笑(ほほえ)みて現(うつつ)ごころにありたたす百済仏(くだらぼとけ)にしくものぞなき

（南京新唱；集成·P403）

149.　**千年月，唐招提寺，圆柱姿。**

踏影缓步，怀古幽思。

题为“在唐招提寺”。

此寺为759年由唐之僧人鉴真所开创，其金堂的八根大柱甚有名。歌中写到的幽思，是抚今思昔的怀想。

原歌刊出时，与八一的众多歌作一样，不用汉字，全为假名，本以显示其形式的独特。今易以相应汉字的体现，以利读识。

大寺(おおてら)の円(まる)き柱(はしら)の月影(つきかげ)を土(つち)に踏(ふ)みつつものをこそ思(おも)へ

（南京新唱；集成·P404）

150. **观世音，白额映出，璎珞影。**

微微影动，默默风清。

题为“法轮寺”，或又题为“在奈良博物馆”六首之一。

所歌咏的是法轮寺的虚空地藏菩萨，也即十一面观音。璎珞，为其宝冠的垂饰。其微微地摇动，或来自微风，抑或出于观仰者的默观想象。

在纤细表现中，展示佛像给予人的悠远宁静的感受。

観音(かんのん)の白(しろ)き額(ひたい)に瓔珞(ようらく)の影動(かげうご)かして風(かぜ)わたる見(み)ゆ

（南京新唱；集成・P404）

151. **频婆果，佛唇色褪，人尽赞。**

岂识本相，鲜红如燃。

频婆果，“唇色赤红，有如频婆果”，是印度用来比喻描绘佛像的唇之形色的果实。

作者不以为然的是：面对古佛像，人皆以古董视之，以爱其古色苍然。

作为美术史家，更作为对佛的尊崇者，在作者心目中，佛像总是鲜活如生，其唇也总是如频婆果般鲜亮。

褪(あ)せたるを人(ひと)はよしとふ頻婆果(ひんばか)の 仏(ほとけ)の口(くち)は燃(も)ゆべきものを

（南京余唱；集成・P404）

152. **山鸠唱，声入屋宇，沉余响。**

你飞走了，我眠却安。

题为“山鸠”二首之一。

1945年，病中的八一与养女纪伊子回到故乡——二战后成废墟的东京，住在西条村外荒废的观音堂。

局势缓和后，其病势却加重，终逝世于此。有词书述之甚详。

山鳩の響もす屋戸の沈もりに汝はも行くか眠るごとくに

（寒灯集；集成・P404）

石原纯（石原純　いしはらじゅん）

石原纯（1881—1947），生于东京都，毕业于东京大学。东北大学教授，以研究相对性原理而知名。师事伊藤左千夫，投稿于《马醉木》《日光》等，参与《叆日》新短歌运动。

153.　**我知晓：电子运动，满世界。**

大师之书，开我青眼。

题为“在研究室中”六首之一，作于1917年12月。

电子，是构成物质的最小的带电粒子。黄色的书，指德国斯普林卡出版的爱因斯坦的数学、物理学著作，其装帧为黄色封面。

讲到如此专门化、理论化的问题，在当时也属新风，不过甚合于《塔》歌志风格。本首在发表时，分为三行：5、7、5，7，7，也是一个新创举。

でんし　せかい　おも　き　しょもつ

電子うごく世界のさまを思ひをれば黄なる書物

が我(われ)が眼(め)に触(ふ)れぬ

（叆日；集成・P405）

154. **我今日，得见万物，开眼界。**

想象多端，电子飞旋。

同上题的六首之一。

上首说到世界的样貌，本首更说到电子运动的样貌——自身的旋转，这一切皆只存在于人的想象之中。

作者是一位将科学视野入歌的歌人。

眼(め)を披(ひら)きもの見(み)ざりけり我(われ)はいま電子(でんし)のまはる
様(さま)想(おも)ひいる

（叆日；名典・3587）

155. **水仙花，芳草堤上，耀眼明。**

相对默默，静悟禅心。

与他所作的谈说科学之歌作不同，他的笔下也有着充满诗意禅心的作品。

似乎自己就化身为盛开于芳草堤上的水仙花，领悟着空灵的禅心。

禅心(ぜんしん)を説(と)くやうな水仙(すいせん)の花(はな)だ草土手(くさどて)にしろく黙(だま)って対(む)きあってる

（磤日；名典·3592）

156. 绿芽淡，春隐其中，树犹寒。雪山虽远，空影在望。

从幼小处写起，淡绿新芽，已含春意。

树虽逢春，寒意犹存。渐大渐远渐空阔：雪山远景，如在空中。

石原纯决不仅是一位科学学者，也是一位寄情于春景远山的出色歌人。

春浅(はるあさ)くみどり芽(め)ごもる木肌(きはだ)さむし雪(ゆき)やまとほく空(そら)にひかれる

（磤日；名典·3586）

川田顺（川田順　かわたじゅん）

川田顺（1882—1966），生于东京都，东京大学毕业。师事佐佐木信纲，为《心之花》的同人，后加入《日光》。在写实歌风中加入理智的要素，有歌集《伎艺天》，又见《定本川田顺全歌集》。

157. **藤架下，藤花影中，你曾歌。**

霜叶凋零，川水空过。

以“红泪集”为题的三十三首歌中的第三十一首。

歌中的“君”，是德川庆喜（幕府末代将军）的第五个女儿国子，她与川田顺同龄。1908年，她跟随顺来到大阪，一起到中岛公园看藤花。国子咏歌道：“藤架下，藤花飘散。又可见，堂岛川上，焰火明亮。”

以后二人的恋情虽时断时续，但作本首歌时，悲恋已成往事，唯回想深切。在身份悬隔的时代，这是注定要归于绝望的恋情。

君(きみ)がよりし藤棚(ふじたな)の陰(かげ)に霜葉(しもば)おち君(きみ)が見(み)し水(みず)は流(なが)れゆくなり

（伎艺天；集成・P405）

158. **你一人，独留于此。身外物，**

相隔遥远，恍若前世。

感慨于国子的身世。

有如孤身一人生活于现今之世。江户时代之炎天权势、花繁锦簇的世态，皆成前世之物。慨叹中更有着深深的同情。

君一人(きみひとり)さやに残(のこ)れりその外(ほか)は前(まえ)の世(よ)のごと遥(はる)かになりぬ

（伎艺天；集成・P405）

159. **黑黝黝，佛身斜躺。夕阳光，**

照床席上，神意飘散。

题为“佛像修缮”歌八首之第四首。

词书为“在唐招提寺之讲经堂”，作于 1919 年。

在春日夕暮的讲经堂中，修缮师们正将佛像拆下、清理、修整。一、二句直写蒙千年香烟熏炙的佛像的样子；此后则从侧面写夕阳映照着的场所，以烘托佛像的神圣性。

译歌的第五句，原文表现出言外之意。

くろぐろと仏(ほとけ)まろべり薄(うす)き日(ひ)の漂(ただよ)ふ床(ゆか)の筵(むしろ)の上(うえ)に

（山海经；集成 • P405）

160.　**匠人们，穿着工装。一出去，**

外面满照，春之夕阳。

题同上一首。上首写到佛像飘溢着神意，这一首写出超乎神意的现实情景。

现实生活是神佛所不能操控的，有其自身的情况和特质。

匠等(たくみら)は仕事着(しごとき)のまま出でゆけり春(はる)の夕日(ゆうひ)の明(あか)るき外(と)の面(も)に

（山海经；集成・P405）

161. **山连山，立山连峰，影黛黑。**

落日在后，深静莫测。

题为“立山主峰”九首之一，列于“立山”五十四首之中。作于 1936 年，1940 年收入歌集《鹫》。

此前一年“忽有想法：来一次登上一万尺的高山放眼野望之举”（自歌自释），也是对自己年满五十四的一个挑战。

立山，这座富山县东南的立山连峰之主峰，名为雄峰，其山峰相连，中夹黑部溪谷，落日映照，山形影暗，表现出山川的雄大给人的深静感。

立山(たてやま)が後(うし)ろ立山(たてやま)に陰(かげ)うつす夕日(ゆうひ)のときの大(おお)き静(しず)かさ

（鹫；集成・P405）

162. **日正中，相扶相携，共归来。**

岂管天怒，震发春雷。

题为“裸心”五十三首歌中的第十四首，作于1948年。

1939年12月，顺之妻子亡故。在战时的孤寂生活中，1947年，顺与原京都大学教授的夫人中川俊子相识、恋爱。经历甚至同赴情死之想的痛苦磨难，于1949年3月结婚。

然此举甚至引发了所谓“老来之恋”的新闻喧嚣。本歌中写了两人逆情势而动的扔虎须的举动：遭天怒也不动摇！

相触(あいふ)れて帰(かえ)り来(き)たりし日(ひ)の真昼(まひる)天(あま)の怒(おこ)りの

春雷(しゅんらい)ふるう

（东归；集成·P406）

163. **你肌肤，洁白之玉，月光雕。**

中夜对之，冰冷俊俏。

与中村俊子白头相守，恋慕有加，令人感叹。

本首借月光皎洁以摹写之，颇有动人笔意。

しらたまの君(きみ)が肌(はだ)はも月光(つきかげ)のしみとほりてや今宵(こよい)冷(つめ)たき

（东归；集成・P406）

斋藤茂吉（斎藤茂吉　さいとうもきち）

斋藤茂吉（1882—1953），生于山形县，东京大学毕业。师事伊藤左千夫，加入《马醉木》《塔》杂志社，担任编辑，是主张写生说在歌坛的一个代表。除歌集《赤光》之外，还有《斋藤茂吉全集》。

164. **夏日静，母鸡刨沙，正自如。**
磨剃刀人，兀自走路。

题为“七月二十三日”，作于 1913 年。

写夏日正午的情景。两个看似不相干的镜头，衔接在了一起：母鸡在刨沙，磨剃刀人走过。

与欧美意象派诗歌的写法颇相似：通过意象的组合、层递、叠加，在一瞬间呈现理性和感情的复合体（庞德）。本首传达的或许是对生活的茫然与无奈吧。（如果说意象间定要有什么直接的关联的话，剃刀总不会用来杀鸡吧？）

めん鶏(どり)ら砂浴(すなあ)び居(い)られたれひっそりと剃刀研人(かみそりとぎ)は過(す)ぎ行(ゆ)きにけり

（赤光；集成・P406）

165. **死紧靠，母亲躺着，冷森森。**

远田鸣蛙，空漠传声。

题为“母亲临终”五十九首中之一首。

1913 年 5 月，作者之母逝世于山形县。

全歌中，死亡就在母亲身边（母に添い寝），冷森森（しんしんと），蛙声如来自天上（蛙天に聞ゆる），主观情感与物象切近。

体现了“客观对应法”的真谛，情不空言，景不孤叙，二者合一，不言悲而悲自深。

死に近き母に添い寝のしんしんと遠田の蛙天に聞ゆる

（赤光；集成 • P406）

166. **赤脖燕，双双栖于，屋梁间。**

哺我长大，母将归天。

同上“母亲临终”五十九首中之一首。

梁上燕，与我共同守护母亲的离世。

梁宇昏暗，燕脖赤红，作者的关注点，可能暗示一种神秘的象征意味——佛教的“来迎图”（画出佛、菩萨自云空来迎接死者的场景）；末句的“被赐予死（死にたまふなり）”的措辞，都表明作者心中对母亲之死的超自然的神性祈盼。

のど赤き玄鳥二つ梁にゐて足乳ねの母は死にたまふなり

（赤光；集成・P406）

167. **飞雪夜，试我手脚，母亲惊：**

“这样僵呀！”把我搂紧。

与对母亲的挽歌同时创作的“步履”中的一首。

回想小时候与母亲相处的情景。

不是一般的景、一般的情景结合，主景在母与子之间：话语、动作。生动亲切，如在眼前，如亲身经历。

しんしんと雪降りし夜にその指のあな冷たよと

言(い)ひて寄(よ)りしか

（赤光；集成・P407）

168.　**埋葬了，这一颗心；叠起来，**

用尖锥子，狠狠地刺。

同样是《步履》中的一首。

是作者机锋激烈、气势迫切的外露中，内含不成熟、依恋和疑虑的歌作。

この心(こころ)は葬(はふ)り果(は)てんと秀(ほ)の光(ひか)る錐(きり)を畳(たたみ)にさしにけるかも

（赤光；集成・P407）

169.　**一看到，你用别针，扎青虫。**

大白天里，凉意飕飕。

歌意并不明确，但感到触动和刺激。这也就可能是作者的创作意图的重要的一点。刺激性、生新感，令人在不安适中生出某种警觉。

君(きみ)がピンするどに青(あお)き虫(むし)を刺(さ)すその冷(つめ)たさを昼(ひる)も感(かん)ずる

（赤光；集成・P407）

170. **这颗心，埋葬下去。这地里，**

麦子也会，赤红结粒。

与上一首歌为同时所作。亦可如上所译为：

埋葬了，这一颗心。这地上，长出麦子，红的麦穗。

气势很盛，但指向不明确，意旨有些令人费解。

このこころ葬(ほうむ)らんとして来(き)たりぬれ畑(はた)には麦(むぎ)は赤(あか)らみにけり

（赤光；集成・P407）

171. **看高更，自画之像。想起了，**

少时在乡，虐杀柞蚕。

题为“有感而作”中的一首，时在 1912 年发表于次年的《朱栾》杂志上。

法国后印象派著名画家高更有多幅自画像（更有一幅凡·高的《献给高更的自画像》）皆表情阴沉，显得凶狠。

茂吉想起自己早年杀死柞蚕的心态和表情。有内省和反思，也有自嘲中对人世的嘲讽。

ゴオガンの自画像（じがぞう）みればみちのくに山蚕（やまこころ）殺しし
その日（ひ）おもほゆ

（赤光；集成·P407）

172. **夕照残，染红一路，通远方。**

灵魂所系，人生走向。

题为“一条路”，1913 年作。

对芥川龙之介的凡·高的画评《沉痛的风景》有所感触，他一贯对印象派画作的强力构图颇有内心应和。

也有对日本代代木原的风景的印象，对人生道路和前途的思考。

体现出对茂吉之歌的理性思考和对格言化的追求。

あかあかと一本(いっぽん)の道遠(みちとお)りたりたまきはる我(わ)が命(いのち)なりけり

（璞；集成・P407）

173. **朝之萤，其命不长，爬草上。**

我命非梦，离开死亡。

题为“朝萤”中的一首，作于 1914 年。

似看到夜光将逝的萤的空幻的存在，对其短暂生命的咏叹。

从歌集《赤光》开始，作者对生命的不安的思索，抒写于歌作中。由小昆虫这样的小生命而引动自己的感悟。

草(くさ)づたふ朝(あさ)の蛍(ほたる)よみじかかるわれのいのちを

死(し)なしむなゆめ

（璞；集成·P408）

174. **天亮时，船上汽笛，齐鸣响。**

绕港列山，回声久长。

题为“去往长崎”中的一首。

时在 1917 年，作者在是年末赴任长崎医专教授。对旅行的见闻，充满新鲜感。

朝(あさ)あけて船(ふね)より鳴(な)れる太笛(ふとふえ)のこだまはながし

並(な)みよろふ山(やま)

（璞；集成·P408）

175. **春云旁，正午时分，雁斜行。**

远遁菰蒲，声消影散。

题为“残雁行”之一首。

3 月 19 日，在千叶县的柴门沼见残雁远去而作歌。景况如画，声亦消歇，以归于沉寂结束全歌。

春の雲かたよりゆきし昼つかた遠き真菰に雁しづまりぬ

（白桃；集成・P408）

176.　**对高天，目送飞雁，鸣声远。**

尾音低杳，行行不见。

同上题。又作有此首。境况相近，意味参差。

天の原見る見るうちに雁が音の一つら低くなり行きにけり

（白桃；集成・P408）

177.　**所见之，清澈流水。正面对，**

就要上坡，水势已微。

题为“从春到夏”中之一首。

二战后在家乡度日的作者，在移居大石田町后不久，因肋膜炎病重而难离病床，此歌正作于这期间，写的是最上川的支流之所见。

水(みず)すまし 流(ながれ)にむかひさかのぼる汝(な)がいきほひよ微(かす)かなれども

（白山；集成・P408）

178. **最上川，此时空中，虹霓残。**

若隐若现，美丽片断。

题为“虹”之一首，作于 1946 年。

最上川，流经山形县流注往日本海的一条激流，全长 230 多千米。雨霁之后，最上川的上空虹霓忽现，将消逝时，仅见上沿，故叹息其“断片”。其上寄托着作者的美好祈盼。

他的歌作，多不见壮美全貌，仅捕捉简洁的片段，以暗示全景。

最上川(もがみがわ)の上空(うえそら)にして残(のこ)れるはいまだ美(うつく)しき虹(にじ)の断片(だんぺん)

（白山；集成・P409）

新井洸（新井洸　あかいあきら）

新井洸（1883—1925），生于东京都，东京府立第一中学毕业。师事佐佐木信纲，协助编辑《心之花》《微明》。歌作以纤细的感觉捕捉都市的清新之感。有《新井洸歌集》。

179.　**生命中，羞涩羞耻，深处藏。**

对你流露，也是这样。

题为“合欢叶”五十首中的一首。

这是悲恋之歌的连作。大致写的是婚后与前女友的感情难断，又不得不断绝往来。

有评论认为：这些歌作表现出“有近代气息的纤细的自我意识”，“以羞涩情趣而体现出形而上的诗美”，可为参考。

人間(にんげん)のいのちの奥(おく)の恥(は)ずかしさ滲(し)み来(く)るかもよ君(きみ)に対(むか)へば

（微明；集成・P409）

180. **玻璃窗，窗外奔涌，大河响。**

夜半时分，转为默然。

同上题之作。表面是写河流奔涌之声，到夜深时渐若消歇。实际暗喻恋情中的由热转冷的情感转变。

ガラス戸（がらすど）の窓（まど）の外（そと）もの大川（おおかわ）の夜半（やはん）のしじまのすぐ立（た）てるかも

（微明；集成·P409）

181. **是何人，墙角钉上，大长钉。**

想拔不成，锈蚀已深。

新井洸长于表现大正时代东京小市民的生活感情，笔触洗练而纤细。

此歌写的是：停了生意，搬离了日本桥蛎壳町，与老父二人一起，搬到了芝猿町。写到的是商卖用的杂物间的情况。

与所谓的气派生活全无关涉，总是碰到琐碎的生活困扰。

いかならむ人（ひと）か棲（す）みしとこの隈（くま）の釘（くぎ）をこじ抜（ぬ）く其（そ）れ根（ね）錆（さ）びたり

（微明；集成・P409）

182. **黄昏时，伸腰舒臂，钉墙钉。**

敲声喧嚣，甚是无聊。

与上一首为同时之作。

被湮没在日常琐事中的抵触心态，与所热衷的舒畅的生活情调完全不同。

也有评论认为此二首歌皆为1915年作者新婚后安家时所作。

たそがれと暮（く）れ行（ゆ）く時（とき）を背伸（せの）びして釘（くぎ）かしましく打（う）つが侘（わび）しも

（微明；集成・P409）

183. **湿淋淋，水果滴水。接以唇，**

难以解我，饥渴半分。

这是歌集《微明》以后的未定稿中之一首。

显示新井洸的痛苦的生活实景，特别是他晚年得肺病以后那种特有的神经质的情绪带来的感触。

歌中写的是什么水果？是水蜜桃，是在茶室间的昏暗光线下，“吃到了”其妻浴衣上的水蜜桃。

果物(くだもの)のしとどの 雫(しずく) 唇(くちびる) ふれてあどか我(わ)がせむ
かわきはやまず

（新井洸歌集；集成・P409）

川浪磐根（川浪磐根　かわなみいわね）

川浪磐根（1883—1969），生于佐贺县，高小肄业。师事漥田空穗，入“槻之木”会，二战后为《昼野》杂志同人。歌作强于生活气息。歌作有《山珊瑚》《川浪磐根全歌集》。

184.　**停摆的，树木枝梢，得到晃摇。**

与其健康，也正合调。

题为“废马”六首之一。

时在 1963 年，作者年已八旬，苦于心脏病、肋膜炎等病患，且生活贫困，仅靠老妻做针线糊口，而作者本是在生活上、精神上都放荡不羁的人。

身处病困，故借树以言情，表达对“健康”生活的向往。

揺(ゆ)れやまぬ樹々(きぎ)の梢(こずえ)や揺(ゆ)れることその健康(けんこう)に

叶(かな)えるならん

（无数树枝；集成・P410）

185. **就今天，心思正在，想大事。**

见树静直，心成树枝。

同于上题。意味也相近。

树不动，意味着僵直呆滞；见树不动，心思也固化了。

今日(きょう)ただ今(いま)まことに大事(だいじ)と思(おも)う目(め)に樹木(じゅもく)は直(なお)し静(しず)かに樹(き)てり

（无数树枝；集成・P410）

相马御风（相馬御風　そうまぎよふう）

相马御风（1883—1950），生于新潟县，毕业于早稻田大学。中学时代即投稿《心之花》，后参加“东京新诗社”，创办《白百合》，沉潜于良宽研究。作“即目”“所见”式的歌咏。歌集为《睡莲》。

186.　**正年轻，美的原野，却可恨！**

梦想缤纷，护花的人！

题为“种花人”五十首之一。

作于 1903 年，为两年后出版的歌集《睡莲》的卷头歌。

“原野”，指的是文艺美的世界。梦想做“护花人”，指自己对文艺美的追求。“恨”“混乱”，都是带有激奋感的反话，是努力追求而不得的苦闷的表现。

歌作体现出对文艺美的深切向往与憧憬。

今(いま)さらに賜(た)びし広野(ひろの)ぞ恨(うら)まれる夢乱(ゆめみだ)れては若(わか)
き花守(はなもり)

（睡莲；集成・P410）

187. **恋且妒：操舟之女，呕棹歌。**

晚霞美颜，春意自多。

与上首同题。

作者作为才从新潟高田中学毕业的学生，到东京准备投考第三高等学校。在此期间参加《明星》的歌作，有底气不够的喟叹。

本首歌中，以“恋妒”操舟女，表达出这种心情。

さし棹(さお)に誰(たれ)が恋(こい)ねたむ唄(うた)ぞ夕(ゆう)べ面 美(おもうつく)しき
舟人(ふなびと)や春(はる)

（睡莲；集成・P410）

188. **裸孩童，难免失足，海浪中。**

虽说“跌倒”，戏于波峰。

题为“大正五年”四十二首中之一首。

1906年从早稻田大学毕业的御风，携对《早稻田文学》的编辑之功，被誉为自然主义文学评论家而活跃于文坛，全力地推进口语诗运动。

1917年3月后，精神苦恼和身体疾患使其不堪，而决意退回故乡系鱼川，沉入孤独的生活。

此歌就作于夏天，其中包含的依然是：不惧挫折，以求进取和成功的心愿。

ころげよといへば裸(はだか)の子供(こども)らは波打(なみう)ち際(ぎわ)をころがるころがる

（御风歌集；集成・P410）

189. **妻哭啼，深深凝望，孩子脸。**

他已察觉，母亲谎言。

写家庭中有戏剧性的一个场景：（丈夫）看到，

哭泣诉说的妻子的谎言被儿子看破。

寓说的是：自己的事业追求的挫折，如何在故乡亲人面前自打圆场。

嘘(うそ)を云(い)ふことを覚(おぼ)えし子(こ)の顔(かお)をしみじみながめ泣(な)き居(お)り妻(つま)は

（御风歌集；集成·P410）

中岛哀浪（中島哀浪　なかじまあいろう）

中岛哀浪（1883—1966），生于佐贺县，早稻田大学肄业。1914 年成为《诗歌》同人，1924 年创办《火之国》。基于生活，歌风平实。除《胜鸟》之外，有《中岛哀浪全集》。

190.　**秋晴日，爬上高树，拧柿子。**

远远看见，背振山姿。

题为“柿”二十九首之一。寓情于摘“柿”，表达在故乡时的理想追求。歌作于 1925 年，在欢迎若山牧水夫妇的歌会上吟诵。背振山，在福冈、佐贺县境。

柿(かき)もぐと樹(き)にのぼりたる日和(ひより)なりはろばろとして背振山(せふりやま)見(み)ゆ

（背振山；集成・P410）

191. **昨夜风，吹得柿枝，落满地。**

柿形初结，一片青绿。

与上一首同题。虽写的是风吹柿落的实景，但也是有寓托的：探求人生进取之路，多有挫折。

昨夜(ゆうべ)の風(かぜ)の吹(ふ)き折(お)りにける柿(かき)の枝実(えだみ)のなりながら地(ち)に青々(あおあお)し

（背振山；和歌史·893）

前田夕暮（前田夕暮 まえだゆうぐれ）

前田夕暮（1883—1951），生于神奈川县中学肄业。入于尾上柴舟门下。创立“白日社”，创办《诗歌》杂志，歌风有数次转变。歌作见于《收获》《前田夕暮全集》。

192. **到四月，你成我妻，花树联。**

这个日子，那么遥远！

题为“四月”，作于 1909 年，载于次年之歌集《收获》。

表现了对结婚的期待和憧憬，但和与谢野晶子式的空灵浪漫不同，是出自自然主义的浪漫态度，显得比较实在。

写出对“四月”的期待之心，不是自己所独有，而是与对象女友所共有的。是年他 26 岁，次年两人结婚。妻子本姓栢野，名繁子。

木(き)に花(はな)咲(さ)き君(きみ)わが妻(つま)とならむ日(ひ)の四月(しがつ)なかなか

遠(とお)くもあるかな

（收获；集成・P411）

193.　**妻子哟，光明幸福，你带来。**

渴望的我，如何等待！

与上一首歌同题。同样表达出对新婚妻子的渴盼，更突出妻子所带来的光明与幸福。

本首歌第一句只有三音（君を），这是作者提倡自由律短歌的一个体现。

君(きみ)をつつむあかるき光幸(みつゆき)に妻(つま)となる日(ひ)をいかに待(ま)つらむ

（收获；集成・P411）

194.　**风尘暗，都市之冬，已到来。**

回家可啜，冰凉牛奶。

载于其歌集《收获》。

“对其生活作原样的咏唱，有凝重的真实感。”

（著名歌人牧山若水评《收获》）对自己的生活做出显示根底的表现。

歌作细致写实，吐露人生的寂寞、悲哀和苦恼，明畅无拘，是为佳作。

译文用“啜”字，除饮之意外，还有哭泣、抽噎的意味。

風暗き都会の冬は来りけり帰りて乳の冷たきを飲む（かぜくら　とかい　ふゆ　きた　かえ　ちち　つめ　の）

（收获；集成·P411）

195.　**回到家，生气全无，黑且暗。**

摸索火柴，手指冰僵。

不仅有生活的沉重的真实感，更涌起了虚无的气息、无助的悲凉。

火の気なき宿に帰りて暗闇にマッチをたづぬる指の冷たき（ひ　き　やど　かえ　くらやみ　ゆび　つめ）

（收获；集成·P411）

196. **向日葵，出浴金光，油彩亮。**

日轮圆小，黯然其上。

题为“向日葵之歌”十四首歌之第一首，见于歌集《生日》。

连看太阳都犹觉小，以显见其生命力之旺盛。

向日葵，是夕暮所喜爱的花，他所主持的和歌杂志以之为名，心中涌动的当是凡·高画中表现出的炎热的生命力量的“向日葵”吧！

他一度甚至有效法与谢野晶子的浪漫歌风的冲动。

向日葵(ひまわり)は金(かね)の油(あぶら)を見(み)に浴(あ)びてゆらりと高(たか)し日(ひ)のちひささよ

（生日；集成·P411）

197. **出水川，浊流滚滚，红浪翻。**

虹霓腾现，出于其上。

题为“奥秩父，其三”，奥秩父，是夕暮在36

岁到 41 岁经营山楂时的一块土地。

歌中的“出水川”（或写为“洪水川”），即其地的“小森川”。此歌作隐含着劳作的严峻与艰辛。

出水川(でみずがわ)あから濁(にご)りて流(なが)れたり地(つち)より虹(にじ)の湧(わ)き立(た)ちにけり

（原生林；集成·P411）

198. **推车忙，额上汗珠，铮光亮。**

汗珠滴在，枯草叶上。

描写山林劳动的歌作。

原文的“トロ”即“トロッコ”，轨道推车。形容汗珠，用了“可爱的”字样，译文意译之。

トロ押(お)すの額(ひたい)の汗(あせ)のいとしもよ枯草(かれくさ)の葉(は)にこぼすその汗(あせ)

（原生林；集成·P411）

199. **自然大，离天只有，三尺三。**

飞腾而过，山山山山。

题为“飞翔于玄仓、丹泽、甲州山脉上空”十八首之初首。

刊行于1932年作者的第一部自由律歌集《水源地带》。此所谓自由律歌：加标点、感叹号、破折号、着重号等，以增强感觉的传达。

其歌作连续以“空中眺望”“客机上”等为题。

虽是平凡事物，但凌之于空中，见其非凡。笔之以新体，以显新奇。

自然(しぜん)がずんずん体(からだ)の中(なか)を通過(つうか)する——山(やま)、山(やま)、山(やま)

（水源地带；集成・P412）

200. **光闪闪，机体斜时，满空亮。**

下方动荡，山山山山。

与上一首同题。

本首歌也更充分地体现了自由律歌的追求：加标点符号等，以增强感觉的传达。

機体(きたい)が傾(かたむ)くたび、きらりと光(ひか)る空(そら)。真下(ました)に動揺(どうよう)する山(やま)、山(やま)、山(やま)

（水源地帯；集成・P412）

201. **雪地上，春树花朵，飘消散。**

我之遗容，一如这样。

在恩地孝四郎收编作者遗作而成的《夕暮遺歌集》中，以“遗容”为题。

出自其临终之床下的歌作稿本，在“我之遗容”题下，有歌八首，此为其最末一首。

折口信夫在悼词中说：“你的自然死去的绝对空寂，让人心生羡慕。”

雪(ゆき)の上(うえ)に春(はる)の木(き)の花(はな)散(ち)り匂(にお)ふすがしさにあらむわが死顔(しにがお)は

（夕暮遺歌集；集成・P412）

水野叶舟（水野葉舟　みずのようしゅう）

水野叶舟（1883—1947），生于东京都，毕业于早稻田大学。诗人、小说家。1901 年，师事与谢野铁干。参加《明星》《山比古》。有着敏锐细致的感受，歌集有与漥田空穗共著的《明暗》。

202. **是我哟，下总原上，做祓禊。**

荒废牧场，开垦田地。

六首连作，发表于《明星》。有长词书意谓：在下总国印旛郡远山村驹井野的屯垦小屋中，首先考虑的是怎样建构在这儿的生活。

当了一段时期的小说家、诗人，颇受托尔斯泰及其亲近的高光村太郎的影响，离开都市，回到自然，过上半农耕的生活。并预为祷祝，预为筹谋。歌作感觉敏锐、笔触细致。

我(われ)はもよ野(の)にみそぎすと下総(したそう)のあら牧(まき)に来(き)て

土(つち)を耕(たがや)す

（滴沥；集成・P412）

203. **原野上，阳光穿透，我灵魂。**

碧蓝天空，熠熠光辉。

直写在野外的劳动情景，耕作有如在熠熠生辉的天空下的灵魂拷问。

野晒(のさら)しのこのたましひをすき透(とお)らせ青(あお)ふかぶかと空(そら)が光(ひか)れり

（滴沥；集成・P412）

宗不早（宗不早　そうふかん）

宗不早（1884—1942），生于熊本县，熊本医科学校肄业。进入《十月会》，歌作发表于《国民文学》，师事窪田空穗，歌作见于《筑摩锅》《宗不早全集》。

204.　**在螺溪，辗转觅得，石如玉。**

跨海带来，寻思作砚。

出于题为“台湾行”十四首之一。

作者从熊本医科学校肄业后，往朝鲜和中国的东北、内地及台湾游历。后学会治砚，将觅得的石头制为砚台。

歌中的螺溪，在台湾彰化，其地之石为制砚名石。

台湾(たいわん)の螺渓(らけい)に転(ころ)びぬば玉(たま)の石(いし)得(と)まくほり海原(うみはら)わたる

（桐之花；集成・P412）

205.　山峦叠，大浊水溪，霞光艳。

踏行碛中，掠石归来。

同于上题。

写了现地采石的情景。日语的“霞”（かすみ）与“掠”（かすめ），音相近。

山々（やまやま）も大濁水（だいだくすい）も霞（かす）みたり踏（ふ）める磧（せき）の石（いし）もかすめり

（桐之花；集成・P413）

吉植庄亮（吉植庄亮　よしうえしょうりょう）

吉植庄亮（1884—1958），生于千叶县，毕业于东京大学，众议院议员。师事金子薰园，参加“白菊会”，1923 年创刊《橄榄》。有农民短歌的特色，有歌集《寂光》《吉植庄亮全歌集》。

206.　**视界中，出津原野，遍烧荒。**

才经几日，野火香漫。

题为“新的开垦”，词书为“开垦始于烧荒”。刊于 1941 年出版的歌集《开垦》。

1938 年，作者居住于故乡千叶县印旛郡，在印旛沼畔从事垦殖所作的歌。

其事业始于 1927 年，到 1935 年，十年时间，共开垦约 60 公顷土地。

作者自诩其为《万叶集》以来罕见的农民歌的作者，而开垦农耕之歌，“我乃仅见之一人”。

見(み)る限(かぎ)り焼(や)き払(はら)ひたる出津(でづ)の野(の)は幾日(いくひ)の後(のち)も野火(のひ)の匂(にお)す

（开垦；集成・P413）

207. **两手泥，没法可擦，脸上汗。**

且用手腕，舍此无方。

题为“夏日炎热颂歌”九首之一。

从 1926 年开始的垦荒，经过四年的劳作，已得 36 公顷土地的收成。

作者也得以被选入众议院。这首歌作被誉为“农民勤劳歌”。

泥(どろ)の手(て)をわれは術(すべ)なみ二(ふた)つの腕(うで)にしたたる顔(かお)の汗(あせ)を扱(しご)き捨(すて)す

（开垦；集成・P413）

208. **我之业，天天抓紧，种大米。**

活在世上，没有别的。

与上一首同题。

虽说是“我”，但指的是农民，觉得与他们是同一体，对农民的勤劳和成果表示尊敬。

わが業（わざ）やうてばひびかふ張合（はりあい）のある世（よ）に生（い）きて米作（こめつく）るなり

（开垦；集成·P413）

北原白秋（北原白秋　きたはらはくしゅう）

北原白秋（1885—1942），生于福冈县，早稻田大学肄业。活跃于诗坛，短歌之外，亦多诗歌、歌谣之作。1935 年，创办《多磨》。歌作经感性的唯美之风后，转为清新象征的情调。歌集有《桐之花》，又见《北秋全集》。

209.　**春鸟哟，勿作娇声，感物叹。**

红映草地，伤感夕阳。

作者的第一部歌集《桐之花》（1913 年）的卷头歌，初刊发于《昴》（次年 5 月号），经修改收入歌集中，长期被视为他的短歌代表作。

夕阳映照，睹物伤情，有感而作。1908 年 7 月 4 日作于森鸥外宅邸的“观潮楼歌会”的月例会上。

春(はる)の鳥(とり)な鳴(な)きそ鳴(な)きそあかあかと外(と)の面(も)の草(くさ)に日(ひ)の入(はい)る夕(ゆう)

（桐之花；集成・P413）

210. **病少年，口琴轻吹，入夜时。**

黄月昏昏，黍离忧思。

词书为“燕子直线飞，田路弯弯绕”，这是白秋回想起来的儿时听到的谚语。

整首歌作，由病中的少年吹奏口琴，而勾起在夜色深沉时的月下忧思——与“黍离”兴衰相关的哀愁，表现出作者作为诗人的纤细敏锐的感受力和童心世界。

原文中的“唐黍”（もろこし），有着《诗经·王风·黍离》的“行迈靡靡，中心摇摇”感时伤世的情致。

病(や)める児(こ)はハモニカを吹(ふ)き夜(よ)に入(い)りぬもろこし畑(はたけ)の黄(き)なる月(つき)の出(で)

（桐之花；集成·P413）

211. **绿草上，红铅笔粉，爱与真。**

躺着转着，笔已削成。

题为“公园之一刻”，收于《晚春初夏》部中，词书为“滚躺在草地上，滚躺在草地上”。

在自然的色彩中，加入人的动态和人工的色彩，更加上青春的气息，体现出白秋从童趣到少年青春气息的特点。

原文中的“爱”（いとしく）与发自儿童的天真，是歌作之眼目所在。

草(くさ)わかば色鉛筆(いろえんぴつ)の赤(あか)き粉(こな)の散(ち)るがいとしく寝(ね)て削(けず)るなり

（桐之花；集成・P414）

212. 朝雪中，你回来了。石板上，沙沙作响，苹果芬芳。

题为“雪”，置于歌集《桐之花》的“待春之时”。

背景事件是作者与已为人妻的松下俊子的恋情：歌作发表的时候，作者因其夫起诉而被拘留于市谷拘留所。以此视之，歌中的“君”应是作者。

但歌作也可视为无特定背景的广义内容，是富有情趣的生活情景的描写。

如其中的“苹果芬芳”，和拟声词“沙沙”之声，二者构成的看似无关的联觉，放在恋爱的喜悲交融中，更见清新与真切。

君帰(きみかえ)す朝(あさ)の敷石(しきいし)さくさくと雪(ゆき)よ林檎(りんご)の香(か)のごとくふれ

（桐之花；集成·P414）

213. 当时钟，两针合于 1之时，对你英锐，深深念思。

收载于《桐之花》“哀伤篇”的卷末部分。

本首也与作者和松下俊子的恋情有关：经商谈，对方不起诉，作者被释放，时间正是午夜一点零五分——时针与分针重合于“1”。歌中说了思念“你”（日语中女对男的称呼）的敏锐率真，应是写站在俊子的角度对作者的思念。

“哀伤篇”中，写此恋情悲迹甚多，这一部分和歌的创作，也标志着白秋歌风的转变：从清新动人到直视现实的冷静。

時計の針Ⅰと Ⅰとに来たるとき鋭く君を思ひつめにき

（桐之花；集成·P414）

214. **大白天，一只大手，伸得长。**

攫走巢中，一枚鸟蛋。

题为“卵”三首之一，置于《云母集》首卷“新生序歌”19首中。

所写的是野鸟巢中的卵，被人的手攫取。一个生命体遭遇变故。最大可能是被侵害（抑或是被保护）。虽未深叙，但给人以联想。其所比喻和蕴含的人间事象，也是多样的。

白秋是一位象征主义诗人，在“客观对应物”的择取上，有着得手应心的跨度和自由度。

大きなる手が現れて昼深し上から卵を掴み

けるかも

（云母集；集成·P414）

215. **芒草野，细白烟柱，在升高。**

物哀感叹，难以减消。

为第三部歌集《雀之卵》的卷头歌，写于1914年至1916年夏，是一段匮乏的时期，作品近乎在日本式的枯淡与清贫中表现出闲适。

薄野(すすきの)に白(しろ)くかばそく立(た)つ煙(けむり)あはれなれとも消(け)すよしもなし

（雀之卵；集成·P415）

216. **向高飞，空中徘徊，雀振翅。**

见其停留，摇动花枝。

题为“小雀嬉游”二首之一，见《雀之卵》的第三部分。

白秋对此类题材颇有兴趣，他还写有《雀之生活》（1920 年）随笔，以表达对优游闲适的生活的向往。

飛(と)びあがり宙(ちう)にためらふ雀(すずめ)の子羽(こは)たたきて
見居(みお)りその揺(ゆ)れる枝(えだ)を

（雀之卵；集成・P415）

217. 在白天，一萤飞出，孟宗竹。幽光闪过，消入空无。

题为“昼”，见于《雀之卵》的“葛饰闲吟集”的“萤四章”。

孟宗竹，是一种粗壮、高大的竹子。故其遮阴也厉害，而萤火虫正藏于其阴处。

此首歌为白秋的代表作，为人所喜爱吟诵。萤火虫在白昼的一闪，对其所展示的瞬间意象的努力追索，是带给读者审美快感的源泉。

在葛饰时期的白秋，正处在最为穷困时期，也最勤于观察身边的小动物的生活动态。

昼(ひる)ながら幽(かす)かに光(ひか)る蛍(ほたる) 一(ひと)つ孟宗(もうそう)の藪(やぶ)を出(い)でて消(き)えたり

（雀之卵；集成・P415）

218. **看月亮，屋外坐对，澄澈光。**

月在我心，如水一般。

题为“骏台月夜”二首之一，载于歌集《黑桧》（1940 年）。

从 1937 年 9 月起，白秋就发觉自己视力异常，入院诊查，为糖尿病、肾脏病引起眼底出血而近乎失明，对光与色彩的感觉消失。

本首中，虽未直接说到失明事，但侧重对月光用心灵与精神的感应。

月読(つきよ)みは光(ひかり)澄(す)みつつ外(と)に坐(ま)せりかく思(おも)ふ我(われ)や水(みず)の如(ごと)かる

（黑桧；集成・P415）

北见志保子（北見志保子　きたみしほこ）

北见志保子（1885—1955），生于高知县，教师进修所毕业。1926 年加入《青垣》，1935 年加入《多磨》。后与川上小夜子共同创刊《月光》，到 1951 年创刊《花宴》。歌集见于《珊瑚》。

219. **恋之情，实可悲哀。平城山，**

漫步徘徊，悲情难当。

题为“磐之媛皇后御陵”。

磐之媛皇后，多称为磐姬皇后，仁德天皇之后，感情炽烈而多妒。

志保子在遭遇最初的恋情失落后，漫步于东大寺的塔头，即磐姬皇后陵墓所在的平城山，联想到自己失恋的伤痛，感慨良多。

其以后的生活都以奈良为中心，并非偶然。

人恋（ひとこ）ふはかなしきものと平城山（ならやま）にもとほりきつつ堪（た）へがたかりき

（花荫；集成・P415）

220. **甚悲伤，抚今思昔，恋心同。**

平城山上，泪奔难控。

并非表面的感慨，而是与自己的经历紧密关联的深挚情感的表现。

古(いにし)へもつまを恋(こ)ひつつ越(こ)えしとふ平城山(ならやま)のみちに涙落(なみだお)としぬ

（花荫；集成·P416）

平野万里（平野万里　ひらのばんり）

平野万里（1885—1947），生于埼玉县，毕业于东京大学。1902 年加入“东京新诗社”，师事与谢野铁干，编辑《昴》，再加入《明星》，创办《冬柏》。歌作见于《若日》。

221.　**绿如蓝，古典风尚，看湖光。**

白云悠悠，红日冉冉。

题为“游伊豆”二十二首之一。

北原白秋称平野为“多情多恨的烦恼儿”，以见出其至纯的抒情性。石川啄木称“平野君不错”，乃是言其巧于比喻修辞。

歌中的蓝湖、白云、红日，强烈的色彩对比，给人深刻的印象。歌中两次用“古典”（いにしへ）一词，以突出景色的古雅风致。

濃(こ)き藍(あお)の湖(みずうみ)に見(み)るいにしへの雲(くも)いにしへの

日輪（にちりん）を吐（は）く

（若日；集成·P418）

222. **陆奥山，踏着草地，往前赶。**

不明何往，心有彷徨。

写了行于陆奥山上踏着草地，心中的彷徨之感。表现了对人生前途的探索与追求。

陆奥，古国名，在今青森县与岩手县之一部。日本神话中的日本武尊——须佐之男命传说所在地。

陸奥（みちのく）の山（やま）の芝草（しばくさふ）踏みしだき行（ゆ）くえも知（し）らぬわが心（こころ）かな

（若日；和歌史·738）

柳原白莲(柳原白蓮　やなぎはらびゃくれん)

柳原白莲（1885—1967），生于东京都，华族女子学校肄业。本名宫崎烨子，父为伯爵柳原前光。1899 年师事佐佐木信纲，1935 年创刊《言灵》。歌集为《踏绘》。

223.　**总诘责，说我是个、邪教人。**

神却教我，对人敬畏。

白莲在 28 岁时，嫁给了九州富商伊藤传右门卫。无爱的婚姻，压抑的生活，促使她追求和珍视人和人性的价值，认为基督教的神才能给予她这样的价值。

其歌集《踏绘》中充满了寄心于神的思想精神。

邪宗(じゃしゅう)の子(こ)われに見咎(みとが)めあらばあれ神(かみ)より人(ひと)を敬(うやま)ひおそる

（踏绘；集成・P418）

224. **我困此，神那么多，在哪儿？**

星光闪烁，寒夜寂寞。

感到自己并没有守护神，在无爱的生活中忍受着郁闷。

希望从不可依赖的神那儿得到对人的庇护，让自己得到真正的爱。在对人的生存状态的思考中极度烦恼。

われはここに神(かみ)はいづくに益(ま)しますや星(ほし)のまたたき寂(さび)しき夜(よ)なり

（踏绘；集成·P418）

225. **神海上，火中之国，住着我。**

谁恋着我，把我呵护。

原文上一、二、三句，无实指意义，本只是作为“筑紫”（大阪地方）的修饰语枕词。译文做了变通处理，也切合白柳的居处所在。

白柳嫁与煤炭大王伊藤传右卫门做妻子，住在被名为“铜御殿”的豪邸中，生活压抑，郁郁寡欢，其歌作充满了对命运的悲叹。

わたつ海(うみ)の沖(おき)に火(ひ)もゆる火の国(くに)に我(われ)あり誰(だれ)そ
や思(おも)われ人(ひと)は

（幻之华；集成·P418）

226. **白日梦，长夜梦连，曙色中。**
梦幻醒后，无依空蒙。

对梦中情人的向往，生活有如梦幻，命运羸弱，无依无靠，孤独至极。

昼(ひる)の夢(ゆめ)あかつきの夢(ゆめ)よの夢(ゆめ)さめての夢(ゆめ)に
命(いのち)心(こころ)細(ぼそ)りぬ

（幻之华；集成·P419）

若山牧水（若山牧水　わかやまぼくすい）

若山牧水（1885—1928），生于宫崎县，毕业于早稻田大学。师事尾上柴舟，1911 年为《创作》之主编，后主持“创作社”。多有行旅与酒之歌，歌集有《海之声》《若山牧水全集》。

227. **白鸥来，悲怀不染，天与海。**

一望碧透，孤影徘徊。

题为“白鸥”，载于 1908 年的歌集《新声》。与下一首《几山河》，同为牧水的代表性绝唱。

日语原文“白鸟”本义指天鹅，这里用以指“此心吾与白鸥盟”的白鸥。原文之意，白鸥或游于水中，但也或翔于空中。

境界空阔而哀沉，白鸥之哀，借色彩渲染而移情于物、移情于人。（言语间虽说“不染”，但实说情调上已染！）

杜甫《绝句》诗：“江碧鸟逾白，山青花欲燃。今春看又过，何日是归年？”两诗歌在意境上甚有相通之处。

白鳥(しらとり)は哀(かな)しからずや空(そら)の青海(あおみ)のあをにも染(そ)まず漂(ただよ)ふ

（海之声；集成・P419）

228.　已走过，几多山河，甚落寞。

无边无界，行旅于国。

题为“巡游中国歌十首”（中国，这里是日本地域名：本州西南部，含鸟取、岛根等五县）中的一首。

1907 年前后，作为早稻田大学学生的作者做这样的地域旅行。

原文中的“寂”，也是日本传统的审美理念，盛见于江户俳谐，指枯寂、闲寂，以冷寂之心态观物观世。

幾山河(いくやまがわ)超(こ)えさり行(い)かば寂(さび)しさの終(は)てなむ国(くに)ぞ今日(けふ)も旅行(たびゆ)く

（海之声；集成・P419）

229. **深海底，无眼的鱼，海底栖。**

无眼的鱼，深爱痴迷。

题为“无光明”歌中的一首。

“无眼鱼”，深海中视力近无的鱼。作者对同样的词句的反复，表现出对其肯定与赞赏。

歌中主要体现出对爱情追求无理性、无辨析，全身心地投入。司汤达非议“头脑的爱情”，肯定“心灵的爱情”，与牧水此意相同。

海底(うみそこ)に眼(め)のなき魚(うお)の棲(す)むといふ眼(め)のなき魚(うお)の恋(こい)しかりけり

（路上；集成・P419）

230. **傍秋草，秋草细花，轻声诉：**

寂灭逝者，深可眷顾。

题为“九月初到十一月中，游信浓国浅间山麓，歌九十六首”中之一首。

前一首说道：“草地卧，旁边紧靠，核桃树。

红蜻蜓来，轻言如诉。”

自然中物，自能言说，这是一种出于文学意味的想象建构。

本首的核心并不止于此，其话语揭示了：消逝了的往昔，有着可追怀的价值！

傍(かたわ)らに秋草(あきぐさ)の花語(はなかた)るらく滅(ほろ)びしものはなつかしきかな

（路上；集成·P419）

231. 采胡桃，倦而小寝。红蜻蜓，

飞来草地，话入梦境。

题同于上。自然就在牧水之心中，田园情调，就从心中飞出。其背景似有恋情的苦恼。此首歌刻于小诸怀古园的石墙上。

胡桃(くるみ)とりつかれて草(くさ)に寝(ね)てあれば赤(あか)とんぼ等(など)が来(き)てものをいふ

（路上；集成·P420）

232.　**唇齿间，秋夜沉沉，醇如酒。**

静饮独酌，情思如流。

题同前之九十六首之一。咏在小诸的田村医院二楼独酌之歌。

原文首句的“白玉之齿”，可视为一个枕词修饰语，以美化下文的“秋夜”和“酒”，这在我国诗文中虽罕见，但也尚能理解。

本首歌有着类似于“思风发于胸臆，言泉流于唇齿”（陆机《文赋》）的措辞；也近于“清夜沉沉动春酌，灯前细雨檐花落。但觉高歌有鬼神，焉知饿死填沟壑”（杜甫《醉时歌》）的沉着痛快。

白玉(しらたま)の歯(は)に沁(し)みとほる秋(あき)の夜(よ)の酒(さけ)は静(しず)かに飲(の)むべかりけれ

（路上；集成·P420）

233.　**忘却的，影子为伴，更寂静。**

只身孤影，浪游旅行。

题同前之九十六首之一。

歌中的“忘却之影”，是一个不寻常的观念词语，但牧水用在孤独的旅行中，也是可意会可理解的。

忘却(ぼうきゃく)のかげか寂(さび)しきいちにんの人(ひと)あり旅(たび)を流(なが)れ渡(わた)れる

（路上；集成・P420）

234. **绝望极，开出一朵，空幻花。**
沉醉其中，应是死吧。

题同前之九十六首之一。

歌意应是：应该沉醉在绝望至极而绽放的一朵天空色的花中死去。但意味回绕，难以直言，勉力译如上。

絶望(ぜつぼう)の極(きわ)みに咲(さ)ける一(いち)もとの空(そら)いろの花(はな)に酔(よ)ひて死(し)ぬべし

（路上；集成・P420）

235. **多摩川，蒲公英飘，沙洲上。**

我之所爱，将现春光。

题为“多摩川河畔吟”十四首中之一。

1911 年 2 月，在多摩川川原的二子玉川附近。

虽是阴沉天气，却向往着明丽的春光。媒触只是小小的蒲公英的花朵开放，引动的是对美好爱情的憧憬。

多摩川(たまがわ)の砂(すな)にたんぽぽ咲(さ)くころは我(われ)にも思(おも)ふ人(ひと)のあれかし

（路上；集成・P420）

236. **偶然间，独自一人，来郊外。**

眼中只见，蔽日阴霾。

同上一题十四首之一。

憧憬之情深切而明朗，心中感到的、实际遇到的，却是令人感到失望的。

虽未直言，但以景色表现之：偶然只身一人来到郊外，天阴沉沉的。

たまたまにただ一人(ひとり)して郊外(こうがい)にわが出(で)て来(く)れば日(ひ)の曇(くも)りたる

（路上；集成・P420）

237. **在故乡，尾铃山上，秋天之，**
骀荡霞光，徒添悲伤。

题为“故乡”之歌的第一首。

牧水故乡在宫崎县东臼杵群东乡町大字坪谷，其望中可见的尾铃山，海拔 1400 余米。

这是 1913 年 7 月得报父亲病笃而归省时的歌作。虽写到霞光摇荡，却并非欢快的感触，而是孤独和悲哀的。

古里(ふるさと)の尾鈴(おすず)の山(やま)の悲(かな)しさよ秋(あき)も霞(かすみ)のたなびきて居(お)り

（水上；集成・P420）

238. **储物间，大镰刀在，墙角说：**

你应当有，不屈意志！

题为“黑蔷薇”九十七首的第一首歌。

此题下的歌多是破调，即并不严格地按照短歌的音数来咏作。本首歌的音数为 4、7、5、6、7、8、4，共 41 音。在本首译歌中，姑且仍译为 3、4、3、4、4, 18 字。

歌题中的“黑蔷薇”象征着在故乡停留的时段，屈服在暗影中的孤独与悲哀。看到储物间的大镰刀，有如是对自己的激励。

到 11 月父亲去世后,对自己是继续在乡还是上东京，牧水有了选择的机会。

納戸(なんど)の隅(すみ)に折(おり)から一挺(いちちゃう)の大鎌(おおかま)あり、汝(なんじ)が意志(いし)をまぐるなといふが如(ごと)くに

（水上；集成・P421）

239.　淡红色，嫩叶比花，先萌发。

一舒展开，尽成樱花。

题为“山樱”，有词书为：“从三月末到四月初，游于天城山之汤岛温泉。附近由溪边至山上，山樱甚多。每日所咏，收集于此。”

这是 1922 年的事。连作二十三首，这是开头一首。

并有自歌自释说：山樱“叶比花先萌，其叶色极润泽带粉色，其叶一舒展，一昼夜间，尽成花色”。

薄紅(うすべに)に葉(は)はいち早(はや)く萌(も)え出(い)でて咲(さ)かむとすなり
山桜花(やまさくらはな)

（山樱之歌；集成・P421）

石川啄木（石川啄木　いしかわたくぼく）

石川啄木（1886—1912），岩手县人，盛冈中学肄业，过着流离、贫困和病痛的生活。作为“明星派”的诗人走上创作之路，除诗集《一握之砂》外，开拓短歌新领域，有生活写实之风。有《石川啄木全集》。

240.　**东海上，小岛白沙，身影单。**

独与蟹游，泣泪沾裳。

这是石川的处女歌集《一握之砂》的卷头歌。

最初发表在 1908 年的《明星》7 月号上，创作于同年的 6 月 24 日。正值石川从北海道来到东京后，想以创作为生失败后，在苦恼中度日时的作品。

中心意味是“我涕泪沾裳”，回想漂泊的过去，面对悲酸的今天，伤痛不已。

东海，并不是泛说，而是指“在日本”。

とうかい　こじま　いそ　しらすな　なぬ　かに

東海の小島の磯の白砂に/われ泣き濡れて/蟹

と戯(たわむ)る

（一握之砂；集成·P421）

241. **游走处，背着母亲，分外轻。**

哭其衰老，散步难行。

最初发表在1908年的《明星》7月号上，创作于同年的6月25日。

创作生活失败，难以向家乡的母亲、妻子寄言，在函馆寄宿的赤心馆烦闷度日。

深深怀想母亲，构想了背着母亲散步的情景。虽出于虚构，但更见出石川对母亲的爱，也见出他对母亲怀有的愧疚之情。

戯(たわむ)れに母(はは)を背負(せお)ひて/そのあまり軽(かる)きに泣(な)きて/三歩(さんぽ)あゆまず

（一握之砂；集成·P421）

242. **生活哟，劳作劳作，无乐趣。**

盯着手看，它有问题？

初见于 1910 年 8 月 4 日东京《朝日新闻》。

当时石川苦于月收入无从增加，无法摆脱穷困。悲辛之中，饱含着无奈与痛切。

故歌作表现对贫穷的劳动者的深切感受：长劳而长悲！其中之理，似乎还不能看到和深究，故盯视自己的手，似乎是自己的手出了问题。

働(はたら)けど/働(はたら)けど猶(なお)わが生活楽(くらしらく)にならざり/ぢっと手(て)を見(み)る

（一握之砂；集成・P422）

243. **一听到，朋友比我，有出息。**

即买花回，与妻亲密。

作于 1910 年 10 月 13 日。

当时石川在东京朝日新闻社做校对员，借宿在一个叫作喜之床的理发店的二楼。

回想在盛冈中学时代，与学友间高谈文学、人生理想的共处时光。现在每听到其中有人腾达与荣升，皆会不禁更感到自己作为失意者的悲哀，并想用自己家庭的亲和来冲淡内心的悲哀。

友（とも）がみなわれより偉（えら）く見（み）ゆる日（ひ）よ/花（はな）を買（か）い来（き）て/妻（つま）と親（した）しむ

（一握之砂；集成 · P422）

244. **岩手园，城址草地，随便躺。**

少年心志，云空之上。

初见于 1910 年 11 月号的《昴》歌志。

原文说到的“不来方城”，原本是江户时代庆长年间南部藩主南部利直所筑的一个小城，以其设计者其侄之名而名之；后为盛冈城，再后已为岩手公园。

不来方（こずかた）のお城（しろ）の草（ねころ）に寝転びて/空（そら）に吸（す）われし/十五（じゅうご）の心（こころ）

（一握之砂；集成 · P422）

245. **从教室，窗中逃出。我独自，**

来到城址，一睡了之。

同上一题三首之一。上一首主要写的是少年梦想，青云高志。本首写的是从教室的窗户逃出，一个人去那个城址躺着遐想。

教室（きょうしつ）の窓（まど）より遁（に）げて/ただ一人（ひとり）/かの城址（しろあと）に寝（ね）に行（ゆ）きしかな

（一握之砂；集成・P422）

246. **徘徊在，盛冈中学，露台上。**

最后一次，凭倚栏杆。

初见于 1910 年 10 月 19 日东京《朝日新闻》。

对中学时代的怀念，更有一种青春流逝，往事如烟的哀惜之感。

1902 年 10 月，为五年级二班生的啄木从盛冈中学退学，后奔赴东京以图从事文学创作。

比之一般从学校正常毕业的少年，作者有着更多的青春郁闷和对母校的复杂情恋。

盛岡(もりおか)の中学校(ちゅうがっこう)の/露台(パルコン)の/欄干(てすり)に最一度(さいちど)われを倚(よ)らしめ

（一握之砂；集成·P422）

247.　**北上川，柳色水光，绿如蓝。**

岸边一望，泣下沾裳。

初见于歌集《一握之砂》，后为歌碑，于 1922 年刻建于岩手县北上川岸边。

这是一块最为有名的怀乡的歌碑：歌唱故乡柳色青青的早春风景，以泣泪而诉表达思乡的情愫。远离故乡，愁怀送日的石川的身影隐现歌中。

一、二句的 ia（や）音和三、四句的 ki（き）音的重复，使歌作显得音韵流丽。

柔(やわ)らかに柳(やなぎ)青(あお)める/北上(きたかみ)の岸辺(きしべ)目(め)に見(み)ゆ/泣(な)けと如(ごと)くに

（一握之砂；集成·P423）

248. **母与妻，随后赶来，寻我迹。**

无人知晓，住此边地。

初见于《昴》1910 年 11 月号，有“秋半之歌”一百一十首中，有词书“出自对曾游走于北海道之追忆”四十四首中之一首。

写了其母其妻跟随啄木从涩民移住函馆的漂泊经历。借住于他人家中，其妻虽有亲戚，但落魄中的啄木碍于自尊心，不让母、妻与其交往。如歌中言“无人知晓”。

わがあどを追(お)ひ来(き)て/知(し)れる人(ひと)もなき/辺土(へんど)に住(す)みし母(はは)と妻(つま)かな

（一握之砂；集成·P423）

249. **甚怀念，住于函馆，青柳町。**

友人恋歌，矢菊芳馨。

也见于上一首的同期歌志。

啄木为“苜蓿社”的歌友迎往函馆的青柳町居住，其家周围有矢车菊开放，时与友人相聚，谈说恋情事，作歌亲近。

从 1907 年的 5 月到 9 月，度过了一个短暂的充满愉快与温情的时光。

はこだて　あおやなぎちょう　　　　　　　　とも
函館の青柳町こそかなしけれ/友の
こいうた/やぐるま　はな
恋歌/矢車の花

（一握之砂；集成・P423）

250. **白澄澄，冰辉晶莹，千鸟鸣。**

钏路海上，冬寒月明。

初见于 1910 年 5 月 9 日东京《朝日新闻》。

北国之夜，冬冰晶莹，千鸟啼鸣，而春意将至。写出了季节变换的实感，是一首充满亮色、被人所喜爱讽诵的歌作。

钏路海，在北海道靠近函馆处。

こおりかがや　　ちどりな　　くしろ　うみ　ふゆ
しらしらと氷輝き/千鳥鳴く/釧路の海の冬
つき
の月かな

（一握之砂；集成・P423）

251. **要坚信：新的明天，将到来。**

我说的话，绝非虚夸！

初见于《早稻田文学》1911 年 1 月号。

表现了对“新的明天”的到来既期待又焦躁不安的内心感受。在明治末期的黑暗现实中，知识界对理想与现实的背离有着悲哀的感受；而其反面就是对变化、改新的期盼，争取民主变革运动的出现。

石川认为：“唯我日本，一大变革期的到来，已不远矣！”（《给友人畠山亨的信》1911 年 8 月 31 日）但这也不能只是沉默于国家权力之下坐等和期待。

新(あたら)しき明日(あす)の来(きた)るを信(しん)ずといふ/自分(じぶん)の言葉(ことば)に/嘘(うそ)はなけれど

（悲伤玩具；集成・P424）

252. **看远点，恐怖行径，造悲剧。**

近日想来，已渐看清。

初见于《新日本》1911 年 7 月号。

此前一年的5月到6月下旬，幸德秋水、高木显明、管野菅、宫下太吉等，被《日本刑法典》第七十三条定罪，被处决和判刑。此即所谓“大逆事件”。

歌中所说的“恐怖行径”，就是指这样的暴政。

やや遠(とお)きものに思(おも)ひし/テロリストの悲(かな)しき心(こころ)も——近(ちか)づく日(ひ)のあり

（悲伤玩具；集成・P424）

253. **我那妻，张狂有如，大丽花。**

除了斥逐，别无他法。

歌作于1911年6月。

啄木从大学医院出院后，病状时有反复。妻子节子苦于其病状，精神焦躁，时生纠结。再度对啄木提出离婚，并回了自己的娘家。

啄木在日记中写道：“我，将对妻子的谋算欺哄，不与许可。”（6月4日日记）本首歌正是在这样的背景下写出的。大丽花（原文ダリヤ，即ダリア），花色多样。

放たれし女の如く、/わが妻の振る舞ふ日なり。/ダリヤを見入る。

（悲伤玩具；集成・P424）

木下利玄（木下利玄　きのしたりげん）

木下利玄（1886—1925），生于冈山县，东京大学毕业，师事佐佐木信纲。为《心之花》同人，后加入《日光》。歌作多用口语化的构想，音节、格调自由的形式，歌集《银》之外，又有《木下利玄全集》。

254.　**眼瞅着，大孩子们，玩得欢；**

小孩子们，走路都忘。

题为“儿童”八首歌之第六首，刊于歌集《一路》(1924 年)。

在利玄的歌作中，常常出现植物和孩子。较之烦人的俗务，凝视歌中的可爱的人可爱的事物，更令人有自在超然的心境。

本首歌的音节自由，4、7、7、6、4、8，36 音，且语言平易，忘怀节律，书面语与口语自然融合。

大(おお)きな子供遊(こどもあそ)びて居(い)たれ小(ち)さな子供歩(こどもあゆ)む忘(わす)れて

ほとほと見惚(みと)れる

（一路；集成・P425）

255. **走街上，经过孩子　的身旁。**

蜜橘清香，冬日芬芳。

同上一题之作。

口语化的表现，自由自在的格调。走在街上经过孩子身边的时候，橘子的香味扑鼻而来。巧妙地运用视觉与听觉的通感，写出不同凡响的冬之气息。

街を行き子供の傍を通る時蜜柑の香せり冬がまた来る

（一路；集成・P425）

256. **牡丹花，当其开定，四下静。**

确然王者，雍容端凝。

题为“牡丹与芥子”十二首之第一首，初见于歌集《白桦》1923 年第 1 期。

以花中之王牡丹为主题。歌中的“开定”，较之“开放”，更显深静传神。

与其说其华贵，不如歌中所说的“沉静”——周边全体的沉静，更显出牡丹的尊贵。

牡丹的雍容，歌作以其位置——身价的确然无疑，不可变更来言说之。

牡丹花(ぼたんはな)は咲(さ)き定(さだ)まりて静(しず)かなり花(はな)の占(し)めてる
位置(いち)の確(たし)かさ

（一路；集成·P425）

257. **秋阳照，曼珠沙华，如火燃。**
幽静小路，通向远方。

题库“曼珠沙华之歌”十首之一，见于利玄之歌文集《青李集》（其中歌的部分有题为“蜜橘树”）1925年刊行。

曼珠沙华，为梵语译音，即红石蒜花，花火红，根有毒。佛教传说中其开放于人世与冥界之间，故名其为“彼岸花”。

日本文化中颇信奉此说。歌中以此间的秋阳，与彼方的幽远，很有诗意地显示此花连接阴阳两界的神秘感。

曼珠沙華一(まんじゅしゃげひと)むら燃(も)えて秋日強(あきびつよ)しそこ過(す)ぎている静(しず)かなるみち

（蜜橘树・青李集；集成・P425）

258. **春米忙，秋季到来，狐花放。**

夕阳映红，路连彼岸。

题为“曼珠沙华之歌”十首之第四首，初见于歌集《日光》1925 年 1 月。

有词书为“在我家乡，叫曼珠沙华为狐花。我小的时候，并不知道曼珠沙华之名”。

在作此题歌时，利玄勾起了童心和幻想，与此花相关的幼时回忆都涌上了心头。

臼(うす)づける彼岸秋日(ひがんあきび)に狐(きつね)ばな赤々染(あかあかそ)まれりここはどこの道(みち)

（蜜橘树・青李集；集成・P426）

259.　**寒空下，暮色犹残，闭门窗。**

环顾我家，甚是凄凉。

题为“我的家与月光”四首之二，初见于《心之花》1925 年 1 月。

晚年的利玄住家于镰仓的名越，此歌与其在病中送走生涯的心情相吻合。

虽得《白桦》之友人的关照，有与妻子照子的和谐生活，但有子夭折，有子残疾，自己与病魔之战亦可谓惨烈，冷清中凝视暮冬的“我的家”，极为空寂。

暮(くれ)のこる寒空(さむぞら)の下戸(もとと)をさせるわが家(いえ)を見(み)たり

これは又寂(またさび)し

（蜜橘树・青李集；集成・P426）

久保田不二子(久保田不二子　くぼたふじこ)

久保田不二子（1886—1965），长野县生，1903年与岛木赤彦结婚。1912 年加入《塔》《苔桃》，歌风平淡朴素。

260. **杂乱去，和平到来，雪消融。**

庭院土中，播下花种。

以“和平”为题的歌五首。六十二岁的不二子，作歌于 1948 年，刊于歌集《庭雀》。

长久连绵的战争，终于画上了句号，周围也渐渐安定了下来。

带着内心的喜悦与庆幸感，早春的一天，在庭院中播下了花的种子。

かにかくに平和(へいわ)ぐ世(よ)とぞ雪(ゆき)消(き)えの土(つち)かきならし播(ま)く花(はな)の種(たね)

（庭雀；集成・P426）

261. **庭松下，潜于低枝，小雀叫。**

流转声合，春日来到。

同上首，以“和平”为题。上首写种花，本首写雀鸣，表达出对和平到来的欣喜心情。

庭松(にわまつ)の下枝(したえだ)くぐりて小雀(こがら)などの囀(さえず)り合(あ)える声(こえ)は春(はる)なる

（庭雀；集成·P426）

262. **高木村，家家户户，吊柿干。**

回首往事，境如梦幻。

题为“晚秋”歌十首之一，作于1949年。

不二子1886年出生在高木村，出嫁后也还是生活在这个村子中。

已度过六十四个春秋，“经长期的生活磨炼，现已进入老境”（《歌集后记》），其间发生的大事小情，都恍如梦境。

家毎(いえごと)に柿(かき)吊(つ)るし干(ほ)す高木村(たかきむら)住(す)み古(ふ)りにけり夢(ゆめ)の如(ごと)くに

（庭誉；集成・P426）

古泉千樫（古泉千樫　こいずみちかし）

古泉千樫（1886—1927），生于千叶县，毕业于师资讲习所。师事伊藤左千夫，参与筹划《马醉木》《塔》，后加入《青垣会》。歌作见于《川畔》《定本古泉千樫全歌集》。

263.　**肃穆往，家族墓园，敞且亮。**

小小遗柩，入土为安。

题为“抱柩”三十五首连作中的一首。1914 年 1 月 20 日，千樫抱着才出生四个月就夭折的次女条子的遗柩回乡葬于家族墓园。

しんかんと参(まい)る明(あか)るき古家(ふるいえ)ぬち小(ちい)さき柩(ひつぎ)は今置(いまお)かれたり

（河边；集成・P427）

264.　**山桃树，枝叶深绿，泪亦流。**

忧伤光影，孤单墓丘。

同上题三十五首之一。

本首写到坟茔堆成后的情景，上句寓写流泪，下句推己及物，写忧伤凄凉的气氛。

山桃(やまもも)の暗緑(あんろく)の木濡(きぬ)れ流(なが)らふる光(ひか)りかなしき墓(はか)に立(た)ちけり

（河边；集成・P427）

265.　**茱萸叶，映日白光，水边上。**

一牛面海，若似惆怅。

初见于《短歌杂志》1918 年 7 月号，《牛之歌》七首之一。

千樫被称为“牛之歌人”，咏牛之歌作实多。这是其中有代表性的一首。其乡为产牛之地，他小时候，也是自家牛的“牛倌”，家中养有荷兰奶牛两头、种公牛一头。

茱萸，常绿带香的植物，制囊以佩，以表思念之情。与本首歌中的哀愁情调也正好相符。

茱萸の葉の白く光れる渚みち牛一ついて海に向き立つ

（河边；集成·P427）

266. **已饱足，露草之中，牛站立。**

硕大脖颈，向上仰起。

同上《牛之歌》七首之一。形象生动地写出了牛的动态。上一首显其“情”，本首显其“神”。

朝草に足らいたるらし大きなる項をあげて牛の立ちいる

（河边；集成·P427）

267. **孩子们，户外戏耍，声可闻。**

炎暑夕暮，凉意初成。

在病床咏作之《稗之穗》中之一首。

千樫于1924年8月底突然咯血，卧病甚久，歌作也久有哀韵。

虽不求技巧，似信口而成，但良有余味。听闻孩子们的戏耍声，久病的自己也仿佛有了一点生机。

面(おも)にて遊(あそ)ぶ子供(こども)の声(こえ)聞(き)けば夕方(ゆうかた)まけて涼(すず)しかるらし

（河边；集成・P427）

268.　这几天，仰躺在床，似睡去。

无意之间，屏住呼吸。

题同于上首，置于上首之前。

写自己枯寂地仰卧在病床上，气息似断似续的情景。

息(いき)のをに息(いき)ざし静(しず)めこの幾日(いくひ)ひた仰向(あおむ)きに寝(ね)居(い)る吾(われ)を

（河边；集成・P427）

269.　此人世，徒有空幻。游乐事，

惚恍在目，尽成过往。

初见于《日光》1925 年 1 月号的《稗之穗》中的一首。

卧病中，多有烦躁难安之时，胸中思绪百般，哀感浮动。

回思往事，唯存幻影。

うつし世(よ)のはかなしごとにほれぼれと遊(あそ)びことも過(す)ぎにけらしも

（河边；集成・P427）

三岛葭子（三ケ島葭子　みがしまよしこ）

三岛葭子（1886—1927），生于埼玉县，埼玉女子师范学院肄业。加入“东京新诗社”，1916 年，师事岛木赤彦，加入《塔》，后师事古泉千樫。有歌集《吾木香》《三岛葭子全歌集》。

270.　**对门妻，边晾衣物，边磨靴。**

磨磨蹭蹭，烦恼不歇。

题为“烦恼”十七首中之一首，初见于《塔》的 1920 年的 1 月号。

歌作借写“邻家之妻”事，显示自己心中感受，把自己的烦恼表现出来：丈夫的婚外情，且又罹患肺病，吐血后养病中；思念自己的长女；也为拮据于医疗费而费心；等等。

物干(ものほ)しの日向(ひなた)に靴(くつ)を磨(みが)き居(い)る向(むか)ひの妻(つま)は物思(ものおも)はざらむ

（吾木香；集成・P428）

271. **一醒来，床席冰冷，意难平。**

一味思考，申辩书信。

同上一首题为“烦恼”中的歌。

歌中的申辩信，指的是与丈夫离婚的诉讼之事的信件。如果醒来的话就会在冰冷的地板上思考申辩信上的话。

目覚(めざ)めおれば冷(ひ)えゆく床(とこ)に言(い)い訳(わけ)の手紙(てがみ)の言葉(ことば)考(かんが)えていたり

（吾木香；集成·P428）

272. **在远方，长鸣鸡声，引感叹。**

我的心中，旧事往还。

以写实笔调，写出“物哀感叹”之景况：遥闻鸡鸣而往事涌上心头。

遠方(おちかた)に長鳴(ながな)く鶏(とり)のあはれさはわれの心(こころ)を昔(むかし)の還(かえ)す

（三島葭子全歌集；名典·3693）

吉井勇（吉井勇　よしいいさむ）

吉井勇（1886—1960），生于东京都，早稻田大学肄业。初入“东京新诗社”，后入《昴》，做编辑。颂扬人生享乐，歌风有涉颓废。有歌集《祝酒》《定本吉井勇全集》。

273. **夏日里，海滩解带，衣带长。**

玉肌清减，心生恨叹。

这是《夏思》中的一首，初见于《昴》1909 年 8 月号。

以女性的口吻，讲述在夏日海滩解带叹惋的情景。虽说清简了腰围，但内含着因不得与自己情人欢会的怅恨。意味近似于《长亭送别》幺篇：“意似痴，心如醉，昨宵今日，清减了小腰围。”

略显“艳”风，这与当时《昴》杂志颇为唯美、颓废的风气也是吻合的。

夏(なつ)の帯(おび)砂(すなご)の上(うえ)にながながと解(と)きてかこちぬ身(み)

さえ細(ほそ)ると

（祝酒；集成 • P428）

274.　**我发誓：阿苏烟消，万叶灭；**

对君之情，永不断绝！

此为题“恋情复苏”中的一首。

这种题材，写与前之恋人旧情复萌，却又面临别离之事，已多见于物语故事中。

活火山成死灰，永垂不朽的《万叶集》湮灭，（对你之情，绝不断绝）。原文中，歌意之后半，并未说出，而见于言外。

意亦颇近于汉乐府诗《上邪》：“山无陵，江水为竭。冬雷震震，夏雨雪，天地合……”

君(きみ)に誓(ちか)う阿蘇(あそ)のけむりの絶(た)ゆるとも万葉集(まんようしゅう)の歌(うた)ほろぶとも

（祝酒；集成 • P428）

275.　**黑发抚，旧日青丝；嘴儿亲，**

往昔芳唇。得慰恋心。

题同于上一首。

接上首而咏歌。进一步表达对爱情的忠贞不变的心志。黑发是原来的黑发，嘴唇是原来的嘴唇，好怀念啊。

黒髪(くろかみ)はもとの黒髪(くろかみ)くちびるはもとのくちびる懐(なつ)かしきかな

（祝酒；集成・P429）

276.　**祇园恋，纷纭挥霍，在心间。**

寐中枕下，水音潺湲。

题为“祇园册子”歌中之一首。

祇园，为京都的游乐欢会之所，近于加茂川，而能聆其水音。本首的素材也出自戏曲《偶像》（1911 年），写了欢会之梦与潺湲流水声交融有浪漫风情。

原文中说到其间的恋情“多种多样”（かにかくに），故译文用了“纷纭挥霍，形难为状”（陆机《文赋》句）之意味写之。本歌也是吉井勇以实感为根基的歌风的表现。

かにかくに祇園(ぎおん)はこひし寝(ね)る時(とき)も 枕(まくら) の下(した)を水(みず)の流(なが)るる

（祝酒；集成·P429）

277. **陶然宿，花街柳巷，红灯处。**

如斯为人，非我所欲。

以“红灯”为题的连作歌中的一首。

作者自我解说为：“在这里，陶然于酒神和爱神中的歌少，而欢乐后的悲哀之歌为多。”（《吉井勇全歌集》题解）表现出作者也正在从浪漫与陶醉的激情中苏醒，而飘溢出感伤与悲哀之情，有一种对自己冷静客观化的内省。

藏起了自己本来示之于人的情场浪子的假象，而开始展示出自己坚定的意志力。

紅灯(こうとう)のちまたにゆきてかへらざる人(ひと)を真(まこと)のわれと思(おも)ふや

（到昨天；集成・P429）

278. **终焉地，我曝野中，姿与态。**

夜半眼前，幻象浮现。

收入从1931年至1934年间创作的题为“人世经”歌作中的一首。

他说：“在此期间，我开始坚实地把握住了我应该体现出的歌作的精髓。”（《吉井勇全歌集》题解）远离了青春时代的浪漫狂放的情调，进而面对自己老去的人生——一种隐栖度日的悲愁。

增加了凝重的回响，技巧也更为圆熟，可以说达到了融通无碍的境地。在预感自己濒临死亡时，发出对自己心中幻象的直率感慨。这也就是所谓的“觉悟”吧。

われとわが野晒(のさら)し姿(すがた)まざまざと目(め)にこそうかべ

べ夜半(よはん)のまぼろし

（人世经；集成・P429）

279. **春霜寒，今宵霜降，落身上。**

静中却透，新磨墨香。

《形影抄》（1956 年）是吉井勇生前出版的最后一部歌集，收入他从 1948 年至 1950 年，三年间的歌作一千零二十二首。经过了八年的停笔、沉默之后，再向歌坛展示自己的试笔。

当时作者寓居于京都，仅为广播节目、戏剧写写歌词。但在闲适中，也涌起了寂寥之思、感慨之悲。“墨香染身”的感觉和措辞，与春霜宵降的意象的配合，也有着沧桑今昔的对照。

春(はる)の霜(しも)今宵(こよい)も降(ふ)らむ磨(す)る墨(すみ)のにほひ身(み)に染(し)むほどの静(しず)けさ

（形影抄；集成・P429）

280. **我初见，和与谢野，共舞人。**

动我春心，不知为谁？

本首是作者回想青春时代的往事的一首歌，与上一首同样，是对自己老去悲秋、寂寥感慨的一种慰藉。

原文歌中说的“与谢野之主人”，即与谢野晶子之丈夫与谢野铁干。言“不知为谁”，歌意所指，或即是与谢野晶子。

われ若(わか)く与謝野(よさの)の主人(しゅじん)に伴(ともな)われ始(はじ)めて見(み)たるその舞(まい)伎(こ)誰(たれ)

（形影抄；集成·P430）

九条武子（九条武子　くじょうたけこ）

九条武子（1887—1928），生于京都府，京都师范附属小学肄业。京都西本愿寺大谷光尊二女儿，嫁男爵九条良致。1916 年师事佐佐木信纲，加入《心之花》。作品充满忧愁，歌集为《金铃》。

281. **高贵人，众目崇尊。却总要，**

强作欢颜，度过一天。

作者出身高贵，被信徒尊称为“西公主”。与男爵九条良致婚后，却未能感受到作为妻子的幸福。

其夫身居海外十年多，武子过着孤独、寂寞的生活，内心备感伤悲。

而面对周围的人，还要强作微笑。这一切，并非抱怨，更多的是自嘲。

微笑(ほほえ)みて今日(きょう)の一日(ついたち)も暮(く)れけるよやごとなき身(み)

と目(め)で崇(あが)められ

（金铃；集成・P430）

282. **眺望中，东边西边，霞铺满。**

不见君归，空有春光。

虽然武子之夫男爵九条良致长久留居海外，但此歌中所说的“君”，恐非指此人，更大的可能是泛指恋歌中常见的“心上人”。 此首亦能见出模仿前人歌作的痕迹。

刊有此歌的歌集《金铃》出版于 1920 年，此时距武子师事佐佐木信纲学习和歌创作，仅四五年的时间。

見(み)わたせば西(にし)も東(ひがし)も霞(かす)むなり君(きみ)は帰(かえ)らずまた春(はる)や来(き)し

（金铃；名典・3738）

释迢空（释迢空　しゃくちょうくう）

释迢空（1887—1953），生于大阪府，毕业于国学院大学。本名折口信夫，为著名的民俗学家。1918 年成为《塔》的同人，后参与《日光》的创刊。其歌作以有标点为特色：通过标点与停断，表达出对歌中一些词句的强调，从而向读者传达出特定的感受。其歌作有《山海之间》《折口信夫全集》。

283. **葛花红，踏山开路，色彩鲜。**

此路有人，走之在前！

题为“岛山”的连作歌，在歌志《日光》初出时（1925 年）名之为“奥熊野”。

葛，或附地或攀树呈茂密的藤蔓状，夏天开紫红色的花朵。作者因做短期的民俗采访而独自旅行，踏开一条夏山葛花之路。

上三句以有停顿和标点的形式，表现出内心新异的感受。下二句不仅表现出一种推想，更体现出对更早入此山的人的感佩。

葛の花踏みしだかれて、色新し。この山道を行きし人あり

（山海之间；集成·P430）

284. **人与马，行路劳苦，死道旁。**

旅途长眠，沉入幽暗。

题为“供养塔”五首之一，初发表时题为“奥远州”。

有词书为：“在众多的马坟中，还立有新的马头观音（佛教认为的‘牲畜道’的神）的石塔，甚可感叹。在几乎每到翻山下岗时，都有旅途死者之墓。其疾病在家时并未显见，在旅途发病而死。”

1920年夏，作者往长野县、爱知县、静冈县的一些山村做民俗采访，将所见所感抒写于歌中。作者既是古典学者，又是民俗学者。联想到过往久远的民情风俗，自有发于内心的感动。

人も馬も道行つかれ死ににけり。旅寝かさなる

ほどのかそけさ

（山海之间；集成·P430）

285. **走到头，倒于道旁，人与马。**

墓丘凄凄，荒草深密。

此为《供养塔》的最后一首。围绕整组歌，表现出更深沉的思考：从遥远的往昔以来众多死去的人与马，都倒下，进入眼前的墓中，从而突出了感伤格调。

行(ゆ)き着(つ)きて 道(みち)に立(た)ふるる生(い)き物(もの)のかそけき墓(はか)は、草(くさ)つつみたり

（山海之间；集成·P430）

286. **上路马，死于道上，转为佛。**

行程中止，旅行结束。

围绕此话题，作了多首和歌。成佛的说法，只是表明轮回的存在，并不显现功德的圆满。

道に死ぬる馬は、仏となりけり。行き止まらむ、旅ならなくに

（山海之间；集成・P430）

287. **心多私，做事张扬，命难安。**

生命边缘，无须多讲。

对上路而死于道上之人的人格气质进行探究和批评：私心和莽撞。

密かなる心をもりて、をはりけむ。命のきはに、言ふこともなく

（山海之间；集成・P430）

288. **行旅心，纵成脆态。志摩界，**

亚乘海角，塔灯已见！

此为《奥熊野》组歌中的一首。

作者于1912年8月与所教的今宫中学的两个学

生，去往志摩、熊野旅行十余日，而成此歌。

旅途中，有从矶部乘船过矢湾，到志摩地，而遥见亚乘海角的灯塔光亮的经历，表现了从惶惶奔波到心情安定的情景。

旅心(たびごころ)もろくなり来(き)ぬ。志摩(しま)のはて　亜乗(あの)りの崎(さき)に、灯(ひ)の明(あ)かり見(み)ゆ

（山海之间；集成・P431）

289.　深山中，岁暮幽寂，有人居。偶尔可闻，聊天话语。

题为“报春”八首连作之第一首，作于1929年。

岁暮沉寂的深山，也会迎来春的气息，本首中说的就是村中人的生活气息。是时作者往访长野和爱知县的山村，考察自古流传的“雪祭”“花祭”等民风。

年深(としふか)み山(やま)の　かそけさ。人(ひと)をりて、まれにもの

言(い)ふ　声(こえ)聞(き)こえつつ

（春之宣示；集成・P431）

290.　**山中人，且行且说，声渐消。**

是说昨夜，鹿过峰梢。

题为“年末山乡”九首之第一首。歌作发表于1930 年 1 月。

是写岁末到年初，山中温泉之事。听到从深山出来的猎人们说的话而叙之入歌。

作者听闻鹿群移动的事，想起古时的人们生活在大自然中的情景。

山人(やまひと)の　言(い)ひ行(い)くことのかそけさよ。きその夜(よる)、鹿(しか)の峰(みね)を渡(わた)りし

（水之上；集成・P431）

291.　**少女们，青春盛年，莫忘怀：**

与倾慕人，共赴明天。

题为“大和之恋”，为长歌的三首反歌之一。

当战败后的男子丧失自信心时，作者对女性发出呼唤：焕发出往昔持有的美，心灵的骄傲，莫忘心中美好的恋情。

当其时，释迢空所作的此类歌作不少，意在帮助当时的年轻人苏醒荒芜的心灵，把自己年轻时的感受创构于歌中。

少女(おとめ)この清(きよ)き盛時(さかり)に　物言(ものい)ひし人(ひと)を忘(わす)れず——。世(よ)の果(は)つるまで

（大和男儿；集成・P432）

292.　**明面上，对人讥笑，已渐消。**

琐细之处，犹有暗嘲。

当面虽已不再讥笑，但背地里仍有嘲讽。看似小事，确实关乎民族的整个精神面貌，不可不问。

道(みち)のべに笑(わら)うをとめを憎(にく)みしが——、芥(あくた)つきた

る上（かみ）の　あはれさ

（大和男儿；集成・P432）

293.　**战未还，此子殒命，我感伤。**

今年樱花，已尽飘散。

题为“竟未回还”连作歌中的一首。

独身的迢空，与时来探望他的藤井春洋相识，最后还办理了养子关系手续。春洋为日本陆军的一军官，赴硫黄岛战事而殒命。

为此迢空作歌不少。本首中，以日本传统的对落樱而感伤的艺术格调，表达出深切的念想。

たたかひに果（は）てにし子（こ）ゆゑ、身（み）に沁（し）みて今年（ことし）の桜（さくら）　あはれ　散（ち）りゆく

（大和男儿；集成・P432）

294.　**圣诞夜，神魔声音，聚一处。**

有猫一只，吮我腿肚。

歌中写的是作者于 1950 年的圣诞夜的经历和感触。

作为宗教学者的迢空，在战后为将神道教人性化，将其与基督教做比较。

当时，过圣诞正渗入本只过春节的日本年末节庆。作者歌中所述，即使是真实之事，也带有一点揶揄的意味。

耶蘇誕生会（やそたんじょうかい）の宵（よい）に　こぞり来（く）る魔（もの）の声（こえ）。少（す）くも
猫（ねこ）はわが 腓（こむら） 吸（す）ふ

（大和男儿；集成・P432）

岩谷莫哀（岩谷莫哀　いわやばくあい）

岩谷莫哀（1888—1927），生于鹿儿岛县，毕业于东京大学。1911 年，师事尾上柴舟，加入《车前草》歌会。1914 年，参与《水瓮》创刊。歌集除《春之逆反》外，有《岩谷莫哀短歌全集》。

295.　**我父亲，人爱世弃，失意死。**

吾乃其子，甘苦味之。

题为“我父亲”。

其父金次郎，未育有孩子，作者莫哀，本为其兄之子，继养于其家。

莫哀之进读东大，及后来的赴美留学，皆因得其生父之资助。

父金次郎于 1909 年死去。对这个“父亲”，众人或爱其善良，但处世乏术，在失意中死去。莫哀既心存感念，又对其能力颇有微词。

莫哀也是在东大毕业后，创业莫哀出版社失败，体味了人生的不易。

わが父(ちち)は人(ひと)に愛(あい)され世(よ)わたりに敗(やぶ)れて死(し)にき吾(われ)はその子(こ)ぞ

（倒春寒；集成・P433）

296.　**爹爹啊，你给我血，本清爽。**

在我体内，鸣唱奔淌。

这是写在其父牌位上的一首歌。

以清白无辜评价其父，虽似低评，实为褒赞。

父(ちち)は汝(な)がわれに伝(つた)えしにごりなき血(ち)ぞさわやかに今(いま)ぞ鳴(な)り出(で)る

（倒春寒；集成・P433）

297.　**松风声，萧萧不绝，室中夜。**

悄想死境，悲思不竭。

长夜漫漫，在室中悄然静听，风动松涛之声。

此时一般涌上心头的应该是勇壮的心气，但莫哀想到的是自己的死，甚而埋身之所，不能不说是“哀莫大于心死”。

莫哀卒于1927年，年仅39岁。实可哀婉。

松風(まつかぜ)も絶(た)えて音(おと)なき夜(よる)の室(しつ)にひそかに死地(しち)を思(おも)ひ居(い)しかな

（岩谷莫哀短歌全集；名典・3765）

原阿佐绪（原阿佐緒　はらあさお）

原阿佐绪（1888—1969），生于宫城县，本名浅尾，毕业于日本女子美术学校。师事与野谢晶子，在《明星》《昴》上发表歌作，后转入《塔》。与石原纯恋爱，加入了《日光》。歌作见于《泪痕》。

298.　**总是说，愿为我死。发此语，**

男士诸君，真是有趣。

题为“泪痕第一”九十六首中的第一首。歌集《泪痕》，出版于 1913 年。

历来的恋歌，总有很多表示愿意为对方去死的表白，虽成了传统和时尚，却并无实际意义。

歌作以简明、轻快的情调，对此加以嘲笑、揶揄。并非对爱情表达非议，而正是剔除了口是心非的陈套做法。

吾(わ)がために死(し)なむと云(い)ひし男(おとこ)らの皆(みな)ながらへ

ぬおもしろきかな

（泪痕；集成·P434）

299. **被抛弃，岂不惨凄。在此前，**

我已仰药，以明心迹。

题为“恋与死”中的一首。是回想在日本女子美术学校时代的恋情经历的一首歌。

阿佐绪与一个已有妻室的老师发生恋情，她怀孕并退学。开始的时候此人并不说他已有妻室，其欺骗行径败露后，阿佐绪以小刀自杀未果。歌中说为“服毒”，只是略作掩饰美化而已（遥想埃及艳后之死）。

捨つと言ふ凄まじきことするまへに毒を盛れかし君思ふ子に

（泪痕；集成·P434）

300. **活生生，被针贯穿。蝴蝶哟，**

忍受痛苦，依旧飞翔。

题为“恋与死”五十六首中之一首，初载于《昴》1912 年 9 月号。

因其在日本女子美术学校的恋情事件，阿佐绪在家中受到严密的监视，使她有一种残酷的受刑感，从而自我提炼为蝴蝶被针穿刺之状。与当时《昴》的浪漫唯美歌风相合，写出了这样一首有自我夸饰风的歌作。

生(い)きながら針(はり)に貫(ぬ)かれし蝶(ちょう)のごと悶(もだ)へつつなほ飛(と)ばむとぞする

（泪痕；集成・P434）

301. **病初起，暖暖赤足，踏木屐。**

可厌淫雨，满脚湿气。

写久病初愈，却正逢长雨霉湿，穿踏木屐，自感不适。事虽幼小，但写心绪情怀，甚见真切。

病(や)み起(お)きの温(ぬく)き素足(すあし)に心地(ここち)わろし下駄(げた)みな濡(ぬ)れ
いりこの長雨(ながあめ)に

（泪痕；和歌史・922）

若山喜志子（若山喜志子　わかやまきしこ）

若山喜志子（1888—1968），生于长野县，本姓太田。1912 年，因有志于文学而赴京，次年与若山牧水结婚。牧水逝后，主持《创作》，继其风格。歌作明切轻快。有歌集《无花果》《若山喜志子全歌集》。

302.　**笑盈盈，温酒侍奉，为人妻。**

夕暮操持，时有向隅。

题为“明暗”中的一首。从新婚到一个妻子沉静安定的境况中所作。

仍是希望自己的夫君能多多在家，而不是经常到外面饮酒作乐。所在歌集《无花果》出版于 1915 年。

にこやかに酒煮（さけに）ることが女（おんな）らしき務（つと）めかわれに寂（さび）しき夕（ゆう）ぐれ

（无花果；集成・P434）

303. **真可恨，银座灯火，浅草光。**

留我夫君，不得回还。

同上题的一首。对使丈夫滞留不归的灯火通明的银座、浅草，抱着妒恨的心情，表达对丈夫的深爱。

灯(ひ)ともしごろの銀座(ぎんざ)ねたましわが背子(せこ)をとめて返(かえ)さぬ浅草(あさくさ)ねたまし

（无花果；集成・P434）

304. **你丈夫，离家不顾，登前途。**

歌见光彩，命与人殊。

题为“空寂一年——大正十年”中之一首。

是年的 4 月，他们的次子降生。作为妻子的喜志子虽然对此由衷高兴，但她更想到丈夫牧水的人生使命，乃是在和歌创作的征程上，在脱离开家庭的羁绊，寻求珠玉般出色的佳作的旅途中。

歌作假借他人之口说出这些话。

汝が夫は家にはおくな旅にあらば命光ると人の言へども

（筑摩野；集成·P435）

冈本鹿子（岡本かの子 おかもとかのこ）

冈本鹿子（1889—1939），生于东京都，迹见女子学校毕业。加入《明星》和《昴》。晚年作为宗教评论家和小说家而活动。歌集有《微妒》《冈本鹿子全集》。

305. **当如何，提防嫉妒，涌上心。**

缝补终日，聊散悲情。

题为“少妒”七首之一。

所妒为何事，并未直言。恐总与自己长留家中，难比丈夫总外出逢迎、见多识广，甚至可能别生恋情之类的事情有关吧。

歌意似与杉田久女这样的俳句有些相似吧，“非娜拉，教师妻室，补布袜”。思绪在自甘寂寞与不甘寂寞的矛盾冲突中震荡。

ともすればからき妬(ねた)みのきざし来(く)る日(ひ)かな悲(かな)し

くものなど縫(ぬ)はむ

（微妒；集成·P435）

306. **樱花放，全部生命，呈大观。**

舍命相陪，眺望观赏。

题为“樱”一百三十五首之一。

走出爱情的危机后的鹿子，倾心于佛教义理，确认人与自然的共通在于生命的合一。

直面生命的根本，对樱花的豪奢、绚烂地开放，愿以自己全部生命的投入做一次非凡的眺望观赏。

桜(さくら)ばないのち一(いち)ぱいに咲(さ)くからに生命(いのち)をかけてわが眺(なが)めたり

（浴身；集成·P435）

307. **风停后，人世喧嚣，已断绝。**

夜半时分，虫鸣不歇。

歌作表达出对喧嚣的厌恶。人声虽停，而虫声又炽，使人不得清静。

此歌中说到的虫鸣，非指常说到的令人感到愉悦的虫声，而是聒噪之声。

風落(かぜお)ちて世(よ)の諸声(もろごえ)は絶(た)えにけりこの夜半(よはん)にしてすだく虫(むし)の音(ね)

（我的最终歌集；名典・3859）

尾山笃二郎(尾山篤二郎　おやまとくじろう)

尾山笃二郎（1889—1963），生于石川县，金泽商业学校肄业。主持《自然》《艺林》杂志。漂泊度日，歌风浅近。有歌集《流离》《尾山笃二郎全歌集》。

308. **走四方，独自游荡。已出离，**

行旅之想，顺随自然。

题为“空虚”，作于1922年。

有词书为：“古人云：人生如羁旅，思之其如有助于吾之采集、汲水之劳，自然不能不泪下。”明白洒脱地对自己的流浪人生做出说明。

作者从年轻时起，居无定所，此时也是离开家庭，在各地漂泊。在没有终结的行旅中，向西行、芭蕉等古人看齐，凝聚成心中的人生的哲理。也思考自己的过去、现在和将来，而有所总结。

四方(しほう)に行(ゆ)きひとり遊(あそ)べるわが心(こころ)もはや空(むな)しき

遊(あそ)びにはあらず

（草笼；集成·P436）

309. **求歌义，凝重坚实，有价值。**

如此歌人，强健士子。

题为“九月四日，相同风调数首”七首之一。

表达作歌的态度，及其所认为的歌作的极致——他所心仪的“平俗调”。

认为：歌作或能包含重大话题，以社会变革为己任。但是，轻妙洒脱，于平俗中有高悟，而达乎平易超然之境，才是重要的。

原文中的“醜”字，非丑怪之丑，而是强有力的意思。

重々(おもおも)しく堅(かた)くしまるを歌(うた)とのみおもへるものは醜(しこ)の歌(うた)の男(お)

（平明调；集成·P436）

310.　心自有，格调高昂。低怀时，

亦可歌唱，亦可轻狂。

与上一首同题。

表示希望自己能保持高格调，即使在情绪低落时，也能作出好的歌作；也可轻妙洒脱，体现超然。

己(おのれ)をば高(たか)く保(たも)ちてたのばずば歌(うた)はよむとも

術(じゅつ)なかるべし

（平明调；集成・P436）

311.　朋友家，听他孩子，被责骂。

想到快回，回到我家。

题为“十二月叹”中之一首。

1945 年 12 月，与川田顺一起从疏散地岩手县回京都的旅途中作。归心似箭，想早点见到自己的孩子。

词书为“京都已成无味之地”。所叹者为战败后社会世相的混乱、自己境遇逼仄。稍能使自己宽怀的是，家中有孩子在着。

友(とも)が家(や)の子供叱(こどもしか)られいる聞(き)けばいざ帰(かえ)りなむ吾(われ)も吾家(わぎへ)に

（寻荐；集成・P436）

中村宪吉（中村憲吉　なかむらけんきち）

中村宪吉（1889—1969），生于广岛县，东京大学毕业，初为大阪《每日新闻》记者，后从事酿造业。师事伊藤左千夫，为《塔》的同人，与岛木赤彦共著《马铃薯的花》。歌作有青春之气。有《中村宪吉全集》。

312. **法梧桐，徐行少女，眼睑红。**

夏天来到，光映荫笼。

题为“筱悬树荫下”五首之第一首。

写夏天的到来，竟然细致地写到了少女眼睑的红潮，是光照强而映射于树荫中之故。可谓纤细微妙，观察感受致密。

筱悬树，即常称的“法国梧桐”，是一种阔叶行道树，歌作也显出了相应的都市风情。

篠懸樹(ぷらたぬす)かげを行(い)く女(こ)が眼蓋(まなぶた)に血(ち)しほいろさし夏(なつ)さりにけり

（林泉集；集成・P437）

313. **日暮时，比睿寺畔，山雨急。**

钟鸣声彻，四方净地。

题为“雨山暮情”十六首之一，属“比睿山”六十一首的第三部分。

1921 年 3 月，受平福百穗之邀，登比睿山之作。原文的“结界”，是指遵奉佛法，不可随便出入之地。

写出其山寺庄严清净的气氛，展现出宏大神秘的空间感。

日(ひ)の暮(く)れの雨(あめ)深(ふか)くなりし比叡寺(ひえいでら)四方(よも)結界(けつかい)に鐘(かね)を鳴(な)らさぬ

（栅栏；集成・P437）

314. **长久来，日暮时分，雨云上。**

大比睿寺，钟声不响。

与上首同题。但写的是未闻钟声时的特异之感：似因雨云之垂压而钟声不响。

雨雲の上に日暮れてむかしより大比叡寺は鐘を鳴らさず

（栅栏；集成·P437）

315.　**春犹寒，梅花疏林，鹤徜徉。**

仰首高蹈，胫肢修长。

题为“梅林之鹤，冈山后乐园所见”七首之一。

无论园中的梅林鹤群，还是此歌的歌意，皆与北宋诗人林逋的生活场景和人生格调有关。

林逋长期隐居西湖孤山，赏梅养鹤，终身不仕、不娶。诗风淡远。有写梅之名句：“疏影横斜水清浅，暗香浮动日黄昏。”为人所传诵。

春寒き梅の疎林を行く鶴の高く歩みて枝をくぐらず

（轻雷集；集成·P437）

316.　**梅林外，云鹤振羽，翔上下。**

影布草地，其形硕大。

与上一首同题。不过意味更为夸张，写鹤影硕大，以见其给人鲜明卓拔的印象。

梅林(うめばやし)の外(と)に出(で)て鶴(つる)は羽(は)ばたけり芝生(しばふ)に作(つく)る影(かげ)の大(おお)きさ

（轻雷集；集成・P437）

317.　**正对面，山居人家，西晒光，**

倏然照入，正见佛坛。

题为“秋之山田”十首之一。

1926 年，宪吉从大阪每日新闻社退职后，回到故乡广岛县双三郡布野市，继承家业经营酿造。更亲近于“自然界的闲寂清静”。1930 年因肋膜炎而疗养，歌即作于此时。

西晒阳光，照见佛坛。虽只是写实景况，但也含有其家贫寒，别无长物，仅一心向佛而已。

まむか　　やまが　なか　にしびさ
真向いの山家の中は西日射しあからさまなる
ぶつだん
仏壇のみゆ

（轻雷集以后；集成·P437）

矢代东村（矢代東村　やしろとうそん）

矢代东村（1889—1952），生于千叶县，毕业于日本大学。受石川啄木的影响，师事前田夕暮，加入“白日社”，活跃于《诗歌》，后继承“普罗”短歌运动。有歌集《出处一隅》。

318.　**座席上，排出一串，教员脸。**

是何等的，无精打采。

题为“从嫌恶到自欺”十五首之一。

从师范学校毕业后到小学任教，并无“天职”之感，作者在校学的是法律，总抱有做律师的意愿。

从人的样貌上窥见社会问题：在当时“教育敕语”的统治下，教育暗淡无光，教师精神不振。

見(み)よこの机(つくえ)にいならぶ教員(きょういん)の顔(かお)といふ顔(かお)の

如何に疲(つか)れたるかを

（出处一隅；集成・P438）

319.　全忘了，初秋寂寞，形影孤。

晴朗海滨，一人漫步。

外在的景致明朗而开阔，内心却孤独、寂寞。

“以乐景写哀情”，“倍显其哀乐”。在对比中，让我们更关注作者的情思低沉的缘由。

寂しさはみんな忘れて初秋の明るい浜を

一人歩いてる

（和歌史·895）

今井邦子（今井邦子　いまいくにこ）

今井邦子（1890—1948），生于德岛县，诹访女子高等学校毕业，本姓山田。师事岛木赤彦，为《塔》之同人。后创办《明日香》杂志。歌风写实，歌集有《片片》，又有《今井邦子全歌集》。

320.　**我已是，三个孩子　的母亲。**

相比姐姐，瘦骨嶙峋。

题为“州羽的歌”二十九首中之一首，刊于 1915 年出版的歌集《片片》。

与本来一起作诗咏歌的姐姐相比，自己的境遇更显不堪，体现出对自己不幸命运的悲叹。

三人児（みたりこ）の母（はは）となりたるわが姉（ねえ）の逢（あ）ひにこしかも骨（ほね）さへやつれて

（片片；集成・P439）

321.　正好像，暗夜萤火，如豆灯。

身心羸弱，气息尚存。

题为“萤火”四首之三，作于 1927 年。

其卷后小感有言：“大正十年（1921）前后，我的艺术追求和生活境况都到了痛苦关头，我产生了研修佛经和出家修道的念头。”

1926 年，其恩师赤彦病逝，也给她的心灵不小打击。

射干玉(ぬばたま)の闇(やみ)に息(いき)づく蛍火(ほたるび)の心(こころ)も弱(よわ)く我(わ)がも息(いき)づく

（紫草；集成 • P439）

322.　空寂叹，如此长夜，实难堪。

伤心独对，庭院萤光。

同上题之第二首。

一只小小的萤火虫，竟引动这样的孤寂感叹。当然不单是景的触动，更是所遭遇的事所触发的哀情。

うつせみの歎(なげ)きにひたり居(い)る夜(よる)に 蛍(ほたる)ひかりて
庭(にわ)に来(き)しかも

（紫草；集成·P439）

植松寿树（植松寿樹　うえまつひさき）

植松寿树（1890—1964），生于东京都，毕业于庆应义塾大学。师事窪田空穗，为《国民文学》同人。1946年，创办《沃野》。在现实歌风中，开拓山岳咏的新天地。有歌集《庭燎》《植松寿树全歌集》。

323.　**正好像，闭目深思，陀螺转。**

虽自寂寞，独乐得享。

题为“竹陀螺”四首之第一首，作于1915年。

前三句是一个比喻性的序词，以描述后四、五句的情景。写出冥想的孤独与自得其乐。

日语的“陀螺”，写“独乐”二字，故歌作借以意显双关。

眼(め)を閉(と)じて深(ふか)き思(おも)ひにあるごとく寂寞(せきばく)として

独楽(こま)は澄(す)めるかも

（庭燎；集成・P439）

324. **六月夏，陀螺生风，溜溜转。**

风动绿叶，闪闪发光。

同上首之题。

陀螺生风，由静生动，绿叶光影，可感可叹。飞旋的动，有如静止，写出静与动的关系。

しんしんと立ち澄む独楽に六月の青葉の風は光りたりけり

（庭燎；集成・P439）

325. **浓雾暗，雾湿脸颊，冷风狂。**

无所凭靠，山脊之上。

题为“西镰山脊”，作于 1940 年。词书为“数次过枪岳镰山脊，今年七月又过之”。

此山脊，风劲雾浓，踏行之外，身无依靠。写出处身于险恶大自然中的不安感。

暗みくる濃霧の中に顔濡れてすがるものなし

瘦尾根(そうおね)の上(うえ)

（涡若叶；集成・P439）

326.　**岩群动，山脊阻隔，雾翻涌。**

逆势腾卷，浓雾无边。

题同于上一首。

上首是写难行，本首突出雾势，不仅大雾无边，且翻卷腾挪，滚动不羁。

巖群(いわむら)るるゆくての尾根(おね)に阻(はば)まれて逆巻(ぎゃくま)き騰(あ)がる霧(きり)限(かぎ)り無(な)し

（涡若叶；集成・P439）

327.　**织造痕，都在背面。天外来，**

柔和落晖，夏日光彩。

题为“奈良与京都”，有词书“二十五日，在京都西阵访林菊之辅君”，作于 1947 年。

这是在探访西阵织工房时所作。赞赏其工房所织造的锦缎之精美。

其中织造之痕在背面，花色纹样在表面，点出其精美的原因。

織(お)りさして裏向(うらむ)く錦(にしき)にいづべよりやわらぎ落(お)つる夏(なつ)の日(ひ)のいろ

（涡若叶；集成・P440）

328. **静默对，麦穗垂垂。心暗迎，**

单纯杳渺，一缕远音。

题为“歌会之歌一首”，作于 1948 年。

虽是歌会上的应景之作，但体现出寿树幽眇的心趣，细微的感受性。这与他的和歌教师窪田空穗颇有共通之处。

原文的“物音”，本意是“不知何物发出的声音”，歌作中也未明说。本译故也只译作“远音”，设想大概是与鸟飞、鸟鸣有关的声音吧！

そよぐなき穂麦に向かふ今の心単純に遠き物音へ寄る

（涡若叶；集成・P440）

杉浦翠子（杉浦翠子　すぎうらすいこ）

杉浦翠子（1891—1960），生于埼玉县，毕业于女子美术学校。1916 年师事北原白秋、斋藤茂吉，入会《塔》，后参加《香兰》。1933 年创办《短歌至上主义》。有《寒红集》。

329. **早晚饭，劳你备办。我卧床，**

夫君你啊，真是感伤。

题为“病床”之歌十六首之一。作于 1917 年。

1904 年与画家杉浦非水结婚，四五年后，患大病，日日不能离药，身体虚弱，要人照料。歌中的“你”（原文“背子”，有“兄弟”的亲近感），说的应是丈夫非水。

但勉力于和歌创作，1916 年师事北原白秋，1933 年创办《短歌至上主义》歌刊，至二战后仍在发行。自言“我的生涯和作歌一起度过”。

朝夕(あさゆう)の 餉(かれい) も誰(たれ)か進(すす)むべし我(われ)が病(や)みぬればか

なしき背子(せこ)よ

（大户三千枝；集成・P442）

330. **天与地，将归沉寂。正思量，**

浅间夕照，红光如燃。

浅间山，为耸立于群马、长野县境的海拔 2500 多米的活火山。歌作写出了夕暮之际，夕阳光照山峰的美妙景致。

天地(あめつち)に己(おの)れ寂(さび)しと思(おも)ふとき浅間(あさま)は燃(も)ゆる陽(ひ)の

入(い)り際(ぎわ)を

（浅间表情；名典・3725）

中村三郎（中村三郎　なかむらさぶろう）

中村三郎（1891—1922），生于长崎县，高小毕业。先后从事绘画研究、新闻记者、剧团职员等。开始时向《昴》投稿，1918 年成为《创作》的会员，次年为若山牧水的助手。有《中村三郎歌集》。

331.　**竹涛乱，竹林深处，少风浪。**

人世也当，有此平安。

题为“正春中”十九首中的第二首。

虽是写景之歌，但凸显出中村期盼人世、生活的平稳的心愿。他于 1910 年开始向《昴》投稿，到 1918 年成为牧山若水的编辑助手。

虽然作歌与绘画的才能已开始得到彰显，但人生的不遇与生活的窘迫，终使他逝于三十二岁。

篁（たかむら）の竹（たけ）の波たち奥深（おくふか）くほのかなる世（よ）はあり

にけるかも

（中村三郎歌集；集成・P442）

332. **大杉荣，国医之语，谨持守。**

读着笔记，笑意心头。

题库“深夜月”十九首之一。初见于《创作》1922 年 4 月号。

此前一年，中村因患肺结核咯血，在诊疗中得与大杉荣医师结识。

不仅在多首歌中表达出对其的信赖，更因其有着社会主义者的思想倾向，而使中村对其有着更多的亲近感，将其话语做了笔记，时而读之。

医師(いし)の言葉(ことば)をよく守(まも)るとふ大杉(おおすぎ)の栄(さかえ)の話(はなし)微笑(ほほえ)みて読(よ)めり

（中村三郎歌集；集成・P442）

西村阳吉（西村陽吉　にしむらようきち）

西村阳吉（1892—1959），生于东京都，高小毕业。经营东云堂书店，发行多种诗歌集。1914 年，创办《艺术与自由》。推进口语歌的发展，有歌集《都市居住者》。

333. **无声片，条旗群集，无声响。**

暮云收处，黯然飘荡。

题为“一叶知秋”，词书为“浅草”的十二首歌中之一。

写无声电影中的旗帜，影片把大正初年的浅草六区界隈的情景加以展示，描写长竿窄布的条旗在夕阳映照中的情景。

歌中的忧愁感，来自阳吉作为不得志的年轻人的情怀。作者被过继给东云堂书店店主家，成了店中的“少主人”。但浅草虽云乐，心中自有沉潜着的孤独感。

活動の旗音なく群 集の、上に動けり、空暮れ残る。

（都市居住者；集成·P443）

334. **全世界，一无所有。仅只是，**

资本法则，独占鳌头。

阳吉竭力提倡口语短歌，也受到当时颇有影响的无产阶级短歌运动的影响，因而在歌作中出现较鲜明的政治倾向，对资本主义生产方式的霸权表现出不满。

何にもないこの世界にはなんにもない資本の法則だけが確かに

（和歌史·933）

335. **藤椅子，一直靠到，背脊痛。**

一周劳苦，滋味相通。

这是他的《都市居住者》歌集中的一首。

作为一位书店经营者，长时间坐着，却自有其操心操劳之处。歌作在揶揄调侃中婉转地说出了这种情况。

藤椅子にじっと凭れて背の痛む一周の疲れを味じ直す

（和歌史・934）

冈山岩（岡山巌　おこやまいわお）

冈山岩（1894—1969），生于广岛县，东京大学毕业。大学时代加入《水瓮》，1921 年入会《自然》。1931 年创办《歌与观照》，于短歌理论有建树。歌作见于《思想与感情》《冈山岩全歌集》。

336.　**藏前桥，俯于其下，朝上看。**

弧形桥桩，有力伸张。

题为“隅田川”歌中的一首。

在宽阔的河面上架的藏前桥，按照最新的力学原理，采用了弧形桥桩。作者由桥下观察，描绘并发出感叹。

蔵前橋（くらまえはし）**くぐらむとして振**（ふ）**り仰**（あお）**ぐ弧状橋脚**（こじょうはしあし）**の**

逞（たくま）**しき張**（は）**り**

（思想与感情；集成・P444）

337. **被放在，日本文学，光圈外。**

如搔头皮，和歌谁睬。

明治维新以后，日本的文学潮流越来越趋向于新小说、戏剧、诗歌，而和歌、俳句等旧体文学，往往被视为可有可无的多余。

本首歌正是对此发出了失望的慨叹。

盛(さか)んなる日本文学圏外(にほんぶんがくけんぐわい)に置(お)かれて歌(うた)は雲脂(ふけ)かき暮(く)らす

（帝都的热情；名典·3897）

小泉苳三（小泉苳三　こいずみとうぞう）

小泉苳三（1894—1956），生于神奈川县，毕业于东洋大学。1915 年参加《水瓮》，于近代短歌研究颇有成绩。歌集为《晚潮》。

338.　**漫步在，葛饰莲田，多烦恼。**

少女心中，孤独寂寥。

题为“七月作”作歌二首之一，作于 1920 年 7 月。

这是第一首，写了一位少女的烦恼，实际表达的是自己内心的愁怨。葛饰，在东京都武藏野的一个地名。

葛飾(かつしか)の蓮田(れんた)の畔(あぜ)を行(ゆ)き悩(なや)み悩(なや)みしはての少女(おとめ)なりけり

（晚潮；集成・P444）

339. **苇滨雀，正对朝光，潮礁上。**

慰留少女，悠扬鸣唱。

同为上一首之二。以苇滨雀的鸣唱与忧伤的少女为伴，表达出作者美好的愿景与希望。苇滨雀，又名文须雀，褐背白腹善鸣，被誉为“天才的歌手”。

磯潮の朝の光に真向いてつれ立ちくればよしきりの鳴く

（晚潮；集成・P444）

土田耕平（土田耕平　つちだこうへい）

土田耕平（1895—1940），生于长野县，诹访中学肄业。师事岛木赤彦，为《塔》之同人。在疗养结核病的六年间，住于伊豆大岛，后转居各处。歌风清纯，有歌集《斑雪》《土田耕平全集》。

340.　**杉树梢，澄月在望，高高照。**

风过长空，来去迢遥。

1919 年在伊豆半岛的疗养生活期间咏作，所在歌集《青衫》出版于 1923 年。写澄月照树，高空风来，流动着淡淡的忧愁，涌动着类似于西行式的自然空寂情调。

杉(すぎ)の穂(ほ)の高(たか)きを見(み)れば月澄(つきす)める空(そら)をわたりてゆく風(かぜ)のあり

（青衫；集成・P446）

341. **归来后，独脱衣袍，孤灯下。**

簌簌抖落，海边细沙。

题为“暮矶”，写孤独的疗养生活，薄暮时分从海边归来的寂寥感。从细处着笔，显其所长。

帰(かえ)り来(き)てひとりし悲(かな)し灯(ひ)のもとに着物(きもの)をとけば砂零(すなこぼ)れけり

（青衫；集成·P446）

松仓米吉（松倉米吉　まつくらよねきち）

松仓米吉（1895—1919），生于新潟县，高小肄业。师事古泉千樫，入会《塔》，创作在贫病交加中的劳动者之歌作。有《松仓米吉全集》。

342.　**悲满怀，随我情死，言犹在。**

妹之粉香，幽微飘来。

米吉得到情人，是在死前半年的事。情人是木工林亲方的女儿，其母已病亡，其父现无工作，生活困难。此前，米吉久有肺结核病，幸经治疗，后无再发迹象。

歌作虽写出与情人两情相悦的情景，实际隐现着深深的悲愁和担忧。

悲(かな)しもよともに死(し)なめと言(い)ひてよる妹(いも)にかそかに白粉(しろこな)にほふ

（松仓米吉歌集；集成・P447）

343. **蹲跪在，正干活的　师傅旁。**

点火驱蚊，苦挨时光。

在 1917 年的 7 月，米吉逃离他此前打工的筑地的某西式洗衣店，得一朋友的帮助，入住本地锦系町的一个卷绕钢筋的工棚里。

一位年仅 21 岁的小青年，成为一个干重活的学徒，其艰苦不言而喻。

親方(おやかた)の仕事(しごと)のはたに蹲(うずくま)り蚊遣(かつか)いぶして吾(われ)がいりにけり

（松仓米吉歌集；集成・P447）

松田常宪（松田常憲　まつだつねのり）

松田常宪（1895—1958），生于福冈县，国学院大学毕业。1918 年，参加《水瓮》，后成为主持者。歌作有独特的人生格调，有《松田常宪短歌全集》。

344. **在世时，父亲曾开，此大弓。**

弓袋紫色，消退如梦。

题为“秋月之乱”，有词书为“得明治九年（1876）秋月之乱战死者五十年祭的通知”。

常宪的祖父、父亲都是“秋月之乱”的参与者。这是 1876 年发生的一次动乱：福冈县甘木市一带的原秋月藩士响应熊本神风连而发生的暴动。

常宪作此歌时，为 1925 年，事虽已过去半个世纪，但歌语中流露出常宪对勇于任事的父亲的追慕之情。

ありし日(ひ)に父(ちち)が引(ひ)きたる大弓(おおゆみ)の紫(むらさき)の房(ふさ)は

色褪(いろあ)せにけり

（蘖芽；集成 • P448）

345. **人谈之，随随便便。我读之，**

泪蒙眼镜，取放一边。

词书为："感冒卧床，读'天诛组'事。"

天诛组，是明治维新开创时期一个攘夷尊王的组织，在维新政变中，其主要成员，或在事变失败后被捕，或在事变时战死。

常宪所读，当是有关的小说或记事。作者在歌中表达的不只是同情，也有欲引以为自励之意。

むざむざと人(ひと)は討(う)たれつ読(よ)みやめて曇(くも)る眼鏡(めがね)を

かなぐりとりぬ

（冻天；集成 • P448）

馆山一子（館山一子　たてやまかずこ）

馆山一子（1896—1967），生于千叶县，高小毕业。1920年，师事窪田空穗。1926年创办《黎明》。1947年创办《乡土》。作品多“普罗”意识，有《馆山一子全歌集》。

346. **从国外，过海越洋，压过来。**

春之波浪，荡涤岸边。

题为“轰声”六首之一，见于歌集《李花》第一章“昭和二十年（1945）”。

一子在故乡千叶县土村迎来了二战后的第一春。严冬之后，犹在混沌一片之中。歌作描绘了心中的风景：春波远来，激流拍岸。思考尚不清晰，仅有对未来的朦胧预感。

国境(こくけい)をはるかに超(こ)えて迫(せま)りくる波(なみ)あり春(はる)の岸辺(きしべ)を洗(あら)ふ

（李花；集成・P449）

347. **何处来，滚滚而至，声隆隆。**

涌入耳道，震耳欲聋。

与上一首同题。

同样表现了二战后初始对时局的凝视与观察。以震耳欲聋的“轰然”声，表现对外在局势的被动接受，以及内心的震惊与惶恐。

何処（いづこ）よりか来（きた）り移（うつ）ろふものの翳（かげ）そのとどろきの耳（みみ）は蔽（おお）へども

（李花；集成・P449）

中村正尔（中村正爾　なかむらしょうじ）

中村正尔（1897—1964），生于新潟县，新潟师范学校毕业。1923 年，师事北原白秋，加入“艺术”社。1935 年，参与创办《多磨》杂志。1953 年，创办《中央线》。抒写自己的真切观照，有《中村正尔歌集》。

348. **众音汇，沉入此夜，深山静。**

听到地球，自转声音。

题为“冬日星图”中的一首，据其歌集的后记，这些歌乃是“昭和十八年（1943）以后，到昭和二十七年（1952），约十年间，在多磨生活的后期的作品”。

在寂静中，感觉地球上生物的气息，以至捕捉到地球自转的声音。这一时期，歌作老师北原白秋逝去，正尔甚感内心空虚，但也正决意继承老师的事业，把自己的生涯贡献给短歌事业。

地球的存在与自身的存在，无形中联系了起来，排除了伤感和修饰，而使自己的感受得到具现。

音みなの沈み果てたる山の夜や聴けば聴かゆる地球自転の音

（中村正尔歌集；集成・P449）

349. **无来由，空寞之中，一梯悬。**

黑铁打造，烧痕犹在。

同为上一首之题“冬日星图”。本首作于 1947 年，有附记：“在神田骏河台。”

写的是东京神田骏河台的战争废墟的情景。已是二战后两年，但废墟依然。歌作喻说奇异，给人以深刻印象，并深受感动。

空しくも 宙 に懸かれる梯子なり黒鉄ゆえに焼けて残りぬ

（中村正尔歌集；集成・P450）

栗原洁子（栗原潔子　くりはらきよこ）

栗原洁子（1898—1965），生于鸟取县，迹见女子中学肄业，本姓中原。1914 年入会《心之花》，师事佐佐木信纲。1940 年创办《短歌风光》。歌风冷静理智，有《洁子集》《栗原洁子歌集》。

350.　**口气大，张狂度日，傲天下。**

毫无可取，由他去吧！

题为“生活的河”一百一十七首的最后几首之一。这也是洁子的歌集《寂寥的眼》中的重要歌作。

表达她对空虚与狂傲的人生行为方式的否定与鄙弃。本首与下二首组成一个组合，表达她洞察人生的自信态度。

調子（ちょうし）いたく狂（くる）ひたる儘（まま）にわが日々（ひび）のかく去（さ）りゆくを取（と）り留（と）め難（がた）い

（寂寥之眼；集成・P451）

351.　岁月积，人生百态，成过往。

我时停下。回身顾望！

与前一首共为同题组合，表达要对自己的人生经历多做回顾。

さまざまの年(とし)かさねりてわが後(うし)ろにうずくまれる顧(かえり)みむとす

（寂寥之眼；集成・P451）

高田浪吉（高田浪吉　たかだなみきち）

高田浪吉（1898—1962），生于东京都，小学毕业。1917 年入会《塔》，师事岛木赤彦。1946 年，创办《桧》。歌作感受真切，所作见于《川波》。

352.　**惨叫声，此时断绝，焰犹腾。**

万家烧遍，落日西沉。

这是 1923 年 9 月 1 日关东大地震时的歌作，此为其三。

为高田浪吉的杰作。见于歌集《川波》（1929 年）。

作者生活于东京隅田川一带，亲历了这次震灾。地震在中午前袭来，所引发的熊熊大火燃烧了六小时以上，直到日落时分，其间如坠地狱的惨叫声不断。

在这时段中，浪吉失去了母亲和三个妹妹。歌作以真切残酷的情景反映出人们内心的惨痛之感。

人声(ひとこえ)も絶(た)えはてにけり家焼(いえや)くる炎(ほのお)のなかに日(ひ)は沈(しず)みつつ

（川波；集成・P453）

353. **人们啊，外在内心，被煎熬。**

焦急恐慌，火急火燎。

同上题，此为其一。

写人的样貌、内在，原文用了“急切”“壅塞”这样的词语（日语二词同音，皆“せく”），表现人们满腔恐慌、焦急，身处困境的情态。

人(ひと)の目(め)につく装(よそお)ひの汝(なんじ)を見(み)れば身内(みうち)にしきりせくもののあり

（川波；高田浪吉）

354. **人挤人，惊慌失措，在桥上。**

熊熊火焰，正在引燃。

同上题其二。

描写一座桥上的情景。桥上挤满了不知怎么办的人们，惊慌、茫然，无助无奈，而桥也正燃起了火焰。

人々(ひとびと)のせむすべ知(し)らに渡(わた)りゆく橋(はし)の上(うえ)より火(び)は燃(も)ゆるなり

（川波；高田浪吉）

中原绫子（中原綾子　なかはらあやこ）

中原绫子（1898—1969），生于长崎县，毕业于东洋女子高等学校。1919 年师事与谢野晶子，参加第二期《明星》同人，曾创办《伊豆樫》《昴》。歌集为《珍珠贝》。

355. **吊桥高，其下千尺，溪流湍。**

桥高溪长，莫可俯瞰。

题为“松川溪谷行”，这是一条从长野县上高井郡高山村流往松川的溪流，也有温泉。

绫子的风景歌不只是写风景，而是以表现出她的内心感受为特色。晚年更是向佛教观念倾斜，把恐怖与美合为一体，表现有如阴间那样的令人震怖的感受，同时唤醒感受者内心对凄美的追寻。

歌集名《阎浮提》，本义就是须弥山的海中一岛，也寓指人世、人间。歌集出版于 1960 年。

つ　ばし　せんしゃく　たにがわ

吊り橋と千尺したの渓川をひとしきものと

人(ひと)は見(み)ざらむ

（阎浮提；集成・P453）

356. **言浮夸，傲慢对人，落孤寂。**

极乐孤鸟，死于寒地。

歌中的极乐鸟，指生于佛地极乐世界的鸟。以比喻某些人自命不凡的孤高傲慢，歌作对之予以批评。

寂(さび)しとは驕慢(きょうまん)の子の云(い)ふ言葉(ことば)極楽鳥(ごくらくちょう)は寒(さむ)き地(ち)に死(し)ぬ

（珍珠贝；名典・3748）

筏井嘉一（筏井嘉一　いかだいかいち）

筏井嘉一（1899—1971），富山县人，高冈中学毕业，小学音乐教师。师事北原白秋，刊行《地上巡礼》《日光》等。1940 年创办《苍生》《荒栲》。歌作有隐含的抒情之风。

357.　**梦醒来，已醒之梦，何可恋。**

春本荒凉，与我命连。

刊登于 1940 年 4 月 4 日《朝日新闻》，也是所谓天皇纪年二千六百年，日本举国处于所谓“荣耀与祝福”的气氛中。

作者却指出，不当沉湎于“梦”中。侵华战争陷入胶着，太平洋战争即将触发。何可荣夸？

夢(ゆめ)さめてさめたる夢(ゆめ)は恋(こい)はねども春(はる)荒寥(こうりょう)とわが命(いのち)あり

（粗布；集成・P454）

358. **五年级，为补家用，去打工。**

住处不在，学校不来。

嘉一所任教的东京下町小学，多有学生在五年级时就外出打工帮补家用，住到小工厂里，父母亲人不知其处。

歌作对战前、战时下町的贫困之家的孩子深有同情，希望这样的事能被中止。

小学（しょうがく）も五年（ごねん）となれば出で稼（かせ）ぎ居所不明（きょしょふめい）とて学校（がっこう）に来（こ）ず

（粗布；集成・P454）

359. **战祸消，夜得安宁，知何日。**

渴想之时，紧抱孩子。

日本侵华战争长期化，其国内对文艺作品的检查也日愈严格，直说想法的作品难以发表。

但在字里行间，传达出的是站在被侵害的民众的立场上，或尖锐或平缓地表达出战争之祸害给人们的痛苦。

戦乱(せんらん)の後(のち)に来(こ)む夜(よ)のすがしさを或(あ)る日(ひ)は思(おも)ふ子(こ)を抱(いだ)きつつ

（粗布；集成·P454）

大熊长次郎（大熊長次郎　おおくまちょうじろう）

大熊长次郎（1901—1933），生于东京都。1918年，成为《塔》《橉》的会员；1922年，师事古泉千樫，加入《日光》。1927年，与桥本德寿等创办《青垣》。有歌集《兰奢待》《大熊长次郎全歌集》。

360.　**前一天，我庭花树，树树开。**

我命在时，得见美颜。

这是题为“绝咏”九首之一。据资料作者于1933年1月21日吃安眠药自杀（其死因未见有相关资料）。

咏此歌时，死意当已定，但对“生命”的美仍抱有尊重和关爱。

おとつひわれ庭木々(にわきぎ)に木花(きはな)さきいのちある内(うち)に美(うつく)しきものを見(み)ぬ

（大熊长次郎全歌集；集成・P456）

361. **心已定，初花迎日，沉静开。**

日光花容，我已得见。

同上一首之题。花朵，从含苞到绽放，在日光照耀下，更是仪态万方。

表示我已得见这样的美，死而无憾。美是永存的。

心定（こころさだ）めてとみに静（しず）けし鉢花（はつはな）にあたる日（ひ）かげをわれは見（み）てをり

（大熊长次郎全歌集；集成·P457）

362. **沉静中，让我睡去。人之命，**

走向死亡，时已来临。

同上一首之题。生命不可长存，已到了走向死亡的时刻。

表达出自己正视与迎接死亡到来的决心——我的生命已然要逝去。

静（しず）かにぞ眠（ねむ）らせたまへ人間（にんげん）の命（いのち）死（し）に行（ゆ）くとき

のをはりに

（大熊长次郎全歌集；集成・P457）

穗积忠（穗積忠　ほすみきよし）

穗积忠（1901—1954），生于静冈县，毕业于国学院大学。师事北原白秋，加入《日光》《香兰》《多磨》。白秋去世后，推崇释迢空，受二人之影响甚著。歌集为《雪祭》。

363.　**金钟儿，幼嫩鸣声，长玲玲。**

我当结婚，时已靠近。

本首收于“散居，其一”的题下。

穗积忠在1917年16岁时，跟从北原白秋创作和歌，后也为折口信夫（释迢空）的学问所吸引，歌作也受他的一定影响。其歌意的自然舒展、情态柔和，与此有关。

本首歌的创作时间可参见下一首的释说。“铃虫”，即“金钟儿”，以“玲玲”（玉撞击声）之鸣表求偶之意。

鈴虫（すずむし）の鈴（すず）ふる声（こえ）の幼（おさな）さやわが娶（めと）るべき時近（ときちか）づきぬ

（雪祭；集成・P458）

364. **我身心，已习惯了，做爱事。**

叨念今宵，得啖红柿。

与上一首同题。亦发表于 1925 年 1 月。歌皆作于此前一年。

时作者 23 岁，即将要结婚。得食“红柿”之说，当是有喻指的。

我（われ）のみのかなしさなれや呟（つぶや）きて今宵（こよい）も赤（あか）き柿食（かきく）ひにけり

（雪祭；集成・P458）

365. **雪山道，自有分别，可叹诉：**

野猪钻树，运材有路。

作者成长于伊豆的天城山麓的农村中，对农村生活有细致的观察。

对狩猎野猪、种植山葵都有歌作咏唱之，且其日本文学与民俗学的知识颇佳，故成就了本首这样别具情趣的歌作。

雪山（ゆきやま）の道（みち）おのずからあはれなり猪（ちょ）は猪（ちょ）の道（みち）杣（そま）は杣（そま）の道（みち）

（雪祭；集成·P458）

明石海人（明石海人　あかしかいじん）

明石海人（1902—1939），生于静冈县，毕业于沼津商业学校。1927年时，得癞病（大麻风病），在长岛疗养院住了七年之久。之后发表歌作，咏唱作为患者的痛切心情。歌作见于《白描》《明石海人全集》。

366.　**命太惨，夫妻分别，隔人寰。**

与她口角，也成梦想。

题为“梦”二首之一。

作者于1927年被确诊为患了癞病(大麻风病)。为防止传染，隔离严格，长年在长岛的“爱生园”孤独度日。

本首歌写出与双亲和妻子告别去隔离治疗时的绝望伤痛的心情。

命(いのち)はも淋(さび)しかりけり現(うつ)しくは見(み)がてぬ妻(つま)と夢(ゆめ)にあらそふ

（白描；集成·P458）

367. **眼濒死，虽看不见，此世界。**

正午萩花，飘如白霰。

题为 “台阶” 十首中之一首。

因癞病而危及眼睛，已感不能看书。到 1938 年写的《歌日记》中已说：“我的眼睛从前年起有剧烈的疼痛，时有失明之状。”

自己虽然看不见，但世界依然以它生动的面貌存在着。作者是以他的心灵，以他的“心之眼”，感受并看着自然的生生流转。但歌中早已浸透了与外界断绝的悲音。

われの眼(め)のつひに見(み)るなき世(よ)はありて昼(ひる)のもな
かを白萩(しらはぎ)の散(ち)る

（白描；集成·P459）

368. **何处送，阳光照上，暗枕来。**

管弦乐声，飘飘欲仙。

题为“生锈”八首之第二首。

作者自言：“一切的假装统统丢开，让一个赤裸裸的本我之想跳荡。”

据载，作者于 1939 年因病而完全失明，喉管也被切开，忍受着巨大的痛苦，在绝望中聊送生涯。但心中仍回响起美妙的音乐，其希望和心灵是不死的。

いづくにか日(ひ)の照(て)れるらし暗(くら)がりの枕(まくら)にかよふ管弦(かんげん)の声(こえ)

（白描；集成・P459）

吉野秀雄（吉野秀雄　よしのひでお）

吉野秀雄（1902—1967），生于群马县，庆应义塾大学肄业。自学国文学，与《塔》歌人亲近，与会津八一私交甚深。立足于《万叶集》歌风，以写实为根底。歌集《寒蝉集》等之外，有《吉野秀雄全集》。

369. **朋友来，探视我病；隔壁坐，**

饮酒吃肉，自得其乐。

写其因病而不饮酒，却能忍受邻室中朋友们的陶然之乐而不为所动。

酒本会乱性，作者为了养病而自我节制吧。

病むわれを見に来し友は別室に酒飲み肉を食いて去りけり

（苔径集；集成·P460）

370. **看睡儿，握着病妻，脚腕子。**

心中想定：妻不能死！

题为“玉帘花”一百零一首中之一。

妻子在重病中，此组歌前半，安慰、鼓励妻子，宽慰四个孩子，也宽慰自己。本首歌就出于这一部分。

病(や)む妻(つま)の足首(あしくび)にぎり昼寝(ひるね)する末(すえ)の子(こ)を見(み)れば死(し)なしめがたし

（寒蝉集；集成・P460）

371. **妈死了，配给饼中，她那份。**

四个孩子，每人多分。

战时日本民众的生活非常困苦，配给的食物很少。歌作写了家中计数分饼，作为母亲的妻子才离世，她分得的能让孩子们多得一点。

言辞简单，但情意深长。

はいきゅう　もちひかぞ　はは　よたり　こ　おお
配給の餅数えて母のなき四人の子らに多く
わりあ
割当つ

（寒蝉集；名典・4017）

372.　**每睡醒，眼角流泪，祷而求：**

南无阿弥，佛祖保佑！

妻子虽已离世，但秀雄对她的思念不减，家庭的责任也重。

歌中所写到的心中的默祷，正体现出这样对妻子的思念，对家庭平安的期盼。

おの　あさ　め　まなじり　つた
自ずから朝の眼ざめに眦を伝ふものあり
なむあみだぶつ
南無阿弥陀仏

（寒蝉集；集成・P460）

373.　**赔上命，肉体全身，极力忍。**

都交给我，妻乃女神！

对已逝去的妻子的追忆和回想。

不拘常格，叙述夫妻的两情相悦的性爱生活，突出妻子的真情投入，表达自己的感动与感激。

真命（まいのち）の極（きわ）みに堪（た）えてししむらを敢（あ）えて委（ゆだ）ねしわぎも子（こ）あはれ

（寒蝉集；集成・P460）

374. **百多页，歌稿成时，掷弃杯。**

啤酒一瓶，对嘴就吹。

写小说、文章，完成百页稿纸，并不可谓多。而创作和歌，百页写就，实可叹赏。

故秀雄饮酒自庆。场面、细节，写得生动风趣。

原稿（げんこう）が百一枚（ひゃくいちまい）となる途端（とたん）われは麦酒（むぎさけ）を喇叭（らっぱ）飲（の）みにす

（含红集；集成・P460）

折口春洋（折口春洋　おりくちはるみ）

折口春洋（1907—1945），石川县人，毕业于国学院大学。本姓藤井，折口信夫的养子，在太平洋战事中死于硫黄岛。有与释迢空共著之《山之端》歌集。

375.　**雨停后，阳光平静，照春空。**

飞鸟鸣声，清寂如梦。

时在 1944 年,作为陆军校官的作者被征召往金泽市培训新兵。在煞风景的军务之余暇，留心于自然景观，也见细致。

雨(あめ)の後(のち)　照(て)る日(ひ)静(しず)けき春(はる)の日(ひ)の空(そら)に澄(す)みゆく鳥(とり)は、さびしき

（鹊之音；集成・P467）

376.　**伊良崎，低处波音，若有思。**

萦于边隅，惜其消逝。

伊良崎，爱知县渥美半岛的一个海角。春洋于学生时代就受教于学者、歌人折口信夫，共同生活，后为其养子。

1945 年被征召上战场，死于硫黄岛。歌意之中，或有言其心中预感。

伊良湖崎(いらこざき)　目下(めした)にとよむ波(なみ)の音(おと)の　隅(すみ)ゆく時(とき)を、惜(お)しみいるなり

（鵠之音；集成・P467）

佐佐木治纲（佐々木治綱　ささきはるつな）

佐佐木治纲（1909—1959），生于东京都，东京大学毕业。信纲之三男，师事父亲及斋藤浏。1940 年创办《莺》，1944 年与《心之花》合并。歌风温雅清纯，有歌集《听秋》。

377.　**葡萄串，握在手中，感冰凉。**

可以消解，今朝愁烦。

作者生前唯一的一本歌集《听秋》（1951 年）的开头第一首歌。

在内省与沉思中苦苦探寻。手握葡萄，或许并不足以让内心的苦闷解除，但想体现的是作者心中的愿望，希望冷静。

一ふさの葡萄手握り冷たさに今朝の心の救はれてある

（听秋；集成・P473）

378. **雁来红，衰立庭中，光华减。**

孩子手闲，拔了丢开。

原文的“葉鶏頭”，中文名“雁来红，花形似叶形蝶状，花色多为红、紫、黄”。

生在家传的做学问与作和歌的家庭，有着立身扬名的巨大事业压力。如何继承父亲、著名学者和杰出歌人佐佐木信冈的事业与成就，本已令人焦心，再看到自己孩子的不懂事与顽劣，更增愁烦。

紫(むらさき)にすがれ立庭(たてにわ)の葉鶏頭(はとりあたま)を子(こ)は事(こと)もなげに引(ひ)き抜(ぬ)きゆけり

（续听秋；集成・P473）

379. **无怒气，亦无业绩，无叹息。**

没有生计，中宵沉寂。

题为“倦怠的眼”中的一首。

反复说明自己无奈的情况。表面是泄气，内在是促使自己更加努力和奋进。《续听秋》（1960）出版于作者逝世后。

起(お)こりなき勤(つと)めはあらじ歎(なげ)きなき生活(たつき)もあらじ静(しず)かな宵(よい)

（续听秋；集成・P473）

小名木纲夫（小名木綱夫　おなぎつなお）

小名木纲夫（1911—1948），生于东京都，小学毕业。1935 年参加《短歌评论》，从口语短歌出发步入创作。战后，加入“新日本歌人协会”，发表《人民短歌》。歌作见于《太鼓》。

380.　**穿深巷，菜秧花苗，叫卖声。**

贴壁静听，怀想频频。

题为“席上”六十四首之一。

歌作很有季节感，对街巷间生活情景用心地把握。这本非坏事，但在那样一个时代社会背景下，却以过分关注舆情而得咎，被以违反日本《治安维持法》的嫌疑收押到扇桥警署，时间长达半年之久。

苗売(なえうり)の声(こえ)が巷(ちまた)より透(す)けるなり壁(かべ)に耳(みみ)あてなつかしなつかし

（太鼓；集成・P477）

381. **监舍里，心魂整日，长叹息。**

无罪无辜，相信自己。

作者被拘押，事情发生在 1942 年 3 月到 7 月。

其间遭受到非人的待遇。消瘦、绝望、悲伤，正是在拘留所中的体验，唱出了在“现实生活中被倾轧的歌”。

たましひは明日夕(あしたゆう)べに歎(なげ)きたり獄舎(ひとや)に無辜(むこ)のおのれを信(しん)じ

（太鼓；集成・P477）

382. **乐颠颠，背儿去住，动物园。**

爬上坡道，步步黄埃。

题为“病中卧床之歌”中的一首。

有词书为：“去年秋晴日，与妻子一起带孩子去动物园。也想起三十年前，幼小的我与父母同往旅游的事。于病床上思之，感慨良深。”

黄尘之路，既是生活实景，也象征自己的生活道路的坎坷难行。

子(こ)を背負(せお)ひぼくぼく歩(あゆ)む 埃(ほこり)みち動物園(どうぶつえん)へ道登(みちのぼ)りたり

（太鼓；集成・P477）

中城文子（中城ふみ子　なかじょうふみこ）

中城文子（1922—1954），生于北海道，本名野江富美子，东京家政学院毕业。1946 年参加《新垦》，1953 年参加《潮音》。1952 年因乳腺癌而切除了乳房，故歌集名为《乳房丧失》。歌风特别，咏唱女性的深切情感。

383. **春鳉小，足印有如，花椒籽。**

其中之一，像我孩子。

这是 1951 年作者 29 岁时的作品。此时文子已是三个孩子的母亲，但处于与丈夫离婚前的分居阶段。

歌作对娇小的事物做出肯定与赞叹。情调有似于清少纳言《枕草子》的说法：“不管何种娇小之物，都是极可爱的。” 且说到了幼童的可爱。

原文中说到的“鳉鱼”，观赏鱼之一种，小而美，鱼鳍有如细足。

春のめだか雛の足あと山椒の実それらのものの一つかわが子

（乳房丧失；集成・P493）

384. **恋虽悲，但有孩子，怀中抱。**

沉沉之任，至为重要。

面对携三子而离婚之事，表现出明快、乐观的心情，体现出母性的宽厚和富于韧性的情怀。说到的“重量”，并非说孩子的体重，而是说自己的责任感和亲子之心。

悲しみの結実の如き子を抱きてその重たさは限りもあらぬ

（乳房丧失；集成・P493）

385. **手术刀，过去现在，已切开。**

胎儿踢动，似觉犹在。

文子在 1952 年至 1953 年间接受了三次乳腺癌

手术。

这是歌集《乳房丧失》的第二部分“深层”中题为“葬花”中的一首。

失去乳房时，哺乳婴儿的情景、胎儿在腹中踢动的感觉，涌上心头。虽成过去，但萌发起伤痛之情。

メスのもと開(ひら)かれてゆく過去(かこ)がありわが胎児(たいじ)らは闇(やみ)に蹴(け)り合(あ)ふ

（乳房丧失；集成·P493）

386.　失去的，我的乳房。如冬日，

一座山丘，枯花装饰。

失去了珍贵的东西，再也不能得到。一座冬日的山丘，装饰它的，只有枯萎的花枝。失去了乳房后的痛切感，化为歌中想象的情景。

失(うしな)ひしわれの乳房(ちぶさ)に似(に)し丘(おか)あり冬(ふゆ)は枯(か)れたる

花が飾らむ

（乳房丧失；集成・P494）

相良宏（相良宏　さがらひろし）

相良宏（1925—1955），生于东京都，中央工业专门学校肄业。在 1946 年结核病疗养时开始作歌。1948 年，被近藤芳美选中，进入《新泉》，1951 年参与《未来》创刊。有《相良宏歌集》。

387.　**濒死床，羞颜幽会，情亦暗。**

谁之嗫嚅，在我耳旁。

20 岁以后的相良宏，到离世前，在结核病治疗的病床上度过了十年。

1951 年，以作歌为缘，与同样患结核病的福田节子相识相恋。节子先他两年离世。歌中所说的“谁”，应当就是节子吧！

闇(やみ)やせて会(あ)ふは羞(やさ)しと死(し)の床(とこ)に囁(ささや)きしとぞ君(きみ)は誰(だれ)がため

（相良宏歌集；集成・P498）

388. **喃喃语，声轻如伴。艳阳照，**

远方紫菀，辉耀有光。

作者所经历的爱与死悄然结合的感情与声音，透过病患者敏锐的感觉而体现，净化了的美，在沉重的苦难感中得到实现。

后三句所写的虽是幻觉，但光亮美好！

紫菀，即紫菀花，传说是痴情女子的化身。

囁(ささや)きを伴(ともな)ふ如(ごと)くふる日(ひ)ざし遠(とお)き紫苑(しおん)を輝(かがや)かしをり

（相良宏歌集；集成・P498）

泷泽亘（滝沢亘　たきざわわたる）

泷泽亘（1925—1966），生于群马县，中学肄业。1942 年入会《多摩》，1953 年参与《形成》创刊，1964 年参与《日本抒情派》创刊，仅得发行 4 期。歌作见于《白鸟之歌》等。

389. **我身内，鲜红之物，咯而出。**

凯歌哼唱，中有枯树。

泷泽亘从中学时代生肺病到 41 岁时亡故，深受病患的痛苦，在生命空幻感中度日。

歌集名为《断肠歌集》，合于其伤痛之情调。咯血如内在的“树枯”，外现为轻哼的“凯歌”，虽想象比喻奇特，但更悲情！

わが内(うち)のかく鮮(あざ)やかしき紅(くれない)を喀(かく)けば凱歌(がいか)の如(ごと)き木枯(きかれ)

（断肠歌集；集成・P498）

390. **病加病，发烧五日，连着来。**

错觉生成，落霞满天。

连日发烧，降不下来。发烧中的人，意识混乱，出现幻象。描写奇特，悲情难言。

病み病みて五日焼き日の来る如き錯覚あはれ
夕焼のたび

（断肠歌集；集成・P498）

小野茂树（小野茂樹　おのしげき）

小野茂树（1936—1970），生于东京都，早稻田大学肄业。1955 年入会《地中海》，师事香川进。不幸因交通事故逝去。歌作中静谧的爱情歌引人注目，有歌集《羊云离散》。

391.　**这夏天，你的表情，本应多。**

唯把庄重，呈露给我。

题为“面容”十二首之一。茂树在 30 岁时与青山雅子结婚（茂树二婚）。

雅子是他中学和高校预科时的同学。此题的歌作，当是即将结婚前所作。

原文中，只说有一个表情，没有说是“庄重”，揣摩其歌意，如此译之，以表现其婚前矜持的意态。

あの夏（なつ）の数限（かずかぎ）りなきそしてまたたつた一（ひと）つの

表情（ひょうじょう）をせよ

（羊云离散；集成・P509）

392. **为了我，不关大门；在室内，**

都亮着灯，等我回程。

此首写的是与雅子婚后的生活。

妻子为自己留门，开着灯，是为了让自己看到她俏丽的容颜吧！言辞虽平易，但流现着深深的情意。

いちにんのため閉（と）さずおくドアの内（うち）ことごとく灯（ひ）しわれは待（ま）てるを

（羊云离散；集成・P509）

393. **远远看，运动场上。男女生，**

肌肤闪亮，光彩别样。

题为“看到的”十首之一。

写学校中男、女生在运动场上锻炼时的勃勃生气，青春光彩。

グランドの遠景(えんけい)ながら少年(しょうねん)と少女(しょうじょ)の肌(はだ)の光異(ひかりこと)る

（黄金记忆；集成・P509）

岸上大作（岸上大作　きしがみだいさく）

岸上大作（1939—1960），生于兵库县，就读于国学院大学，在学中自杀。入会《昼野》，1958 年起加入 “国学院短歌” “大学歌人会”。在反对《日美安保条约》的斗争中所作的“安保咏”受到好评。有《岸上大作全集》。

394.　**以无声，显示意志。身后面，**

手中握着，待擦火柴。

与歌集同名的卷首歌。

岸上在反对《日美安保条约》的斗争中，多有歌作而知名。

这些歌从正面或侧面写了斗争的场景，也写出了他在斗争潮流中或坚定，或彷徨的心态。

意志表示(いしひょうじ)せまり声(こえ)なき声(こえ)を背(せ)にただ掌(しょう)の中(なか)にマッチ擦(す)るのみ

（意志表示；集成・P512）

395. **先看到，火光照进，你耳里。**

又有光波，荡你发际。

侧面写了社会运动中的一个场景。歌中荡漾着强烈的爱恋情意。

女伴的发际波动之间，可看到火光照到她耳朵的深处。这一瞬间的光景，如电影的特写镜头，展示给了观众，也就是读者！

在社会斗争与恋情的激荡热潮中，作者却黯然自杀于 1960 年年末，实在令人嗟叹。

耳うらに先ず知る君の火照りにてその耳かくす
髪のウエーブ

（意志表示；集成·P513）

396. **血与雨，打湿衬衣。美之爱，**

照亮孤独，大放光彩。

题为“默祷”十首之一。有词书“6 月 15 日，在国会南通用门”。

是日，学生在国会外集会，与警察发生冲突，学生死一人。据岸上的日记，他在警察的棍棒下负伤。

外在是雨血交加的斗争，心中是对美、对爱的强烈情怀。当时日本青年有一个似若两极的共存“革命与爱情”，就是英雄式的战歌，这才能体现出爱情的真切之美。

血(ち)と雨(あめ)にワイシャツ濡(ぬ)れている無援(むえん)ひとりへの愛(あい)うつくしくする

（意志表示；集成·P513）

“普罗”短歌（プロレタリア短歌）

“普罗”即无产阶级，短歌，指其文学运动中诗歌中的短歌。

在日本大正到昭和前期，1921 年随着《播种者》《文艺战线》的创刊，日本无产阶级文艺联盟（纳普，后为克普）成立，日本无产阶级文学运动蓬勃展开。由于反动当局的残酷镇压，1934 年，克普宣告解散，运动陷入低潮。小林多喜二、德永直、叶山嘉树等是这一文学运动的代表作家。诗歌方面，也涌现出众多的短歌作者。其作品以鲜明的战斗性、质朴的形象性、真挚的感情性见长。

本部分歌作，选自松泽俊二著《普罗短歌》（プロレタリア短歌）、《短歌之事》（短歌のこと）。歌作者的姓名写在出处前面。

397. 被捕后，猝死猝死！不用说，死因不明，意味什么？

《蟹工船》的作者、日本无产阶级作家同盟书记长、著名无产阶级作家小林多喜二，于 1933 年 2

月 20 日被捕，当晚就牺牲在蓄谋杀害他的特高警察的酷刑中。医院方面在警方高压下，称其“猝死”，原因不明。

“资产阶级在欺骗大众，用鲜血制造鸿沟。”（鲁迅的“悼词”）。歌作以分行、急迫的节奏，表达压抑中的沉痛、质问、抗议。

逮捕(たいほ)、急死(きゅうし)、/急死、急死、急死。/ああ、それが何(なに)を意味(いみ)するかは/いふまでもない。

矢代东村（见：普罗短歌）

398. 永代桥，坚强守候。悲痛于，今日失去，斗争战友。

永代桥，在东京中央区，靠近小林多喜二的牺牲地，也是一个有象征意义的名所。这里将其拟人化，似乎与我们一起在等候小林的回来。

あぶれた仲間(なかま)が今日(きょう)もうずくまつてゐる永代橋(えいだいはし)

は頑固に出来てゐら

坪野哲久（见：短歌之事）

399. **朝鲜人，怒火满眼，撒传单。**

被殴毙在，路边小巷。

写朝鲜人在抗议活动中“撒传单”，却被打死。揭露日本帝国主义的暴行，高度关注朝鲜人被虐杀这一大规模杀戮行径。

撲殺された鮮人が眼に浮かぶのだ灼熱の巷にビラを撒きながら

前川佐美雄（见：普罗短歌）

400. **被冲床，齐根压断，一手指。**

八十日元，算是赔偿。

歌作揭示了当时日本工人的悲惨境遇。在繁重的劳动生产中，人身安全毫无保障，出现工伤时得到的“赔付”简直低得可怜。据有关资料，

1933年，1美元兑5日元，80日元约折合16美元。（按现今的汇率，80日元，只值人民币四五块钱。）

プレスに根元までやられた一本の指の値が

八十円だとぬかす

石塚荣之助（见：短歌之事）

后　记

本书于2020年4月着手编译，至2022年3月完稿。

本书再次请得段炳昌教授撰写序言！其出版得到了云南大学文学院的支持和帮助。

本书的出版，也得到云南人民出版社的支持，在此对出版社编辑部同人的出色工作表示感谢！

如何将和歌更好地译为中文，除了对日语原文的正确、良好的理解外，更重要的是，相近于原作艺术语言格调和表现形式的精切得体的中文表达。我自己一直在努力提高中。对此“日本近代和歌”，我更注意译文择词的通俗平易、口语化，但与所期望的相应的明切得体，仍有不小的距离。

日本和歌（短歌）5、7、5、7、7的句式，有“上句”（5、7、5句）和“下句”（7、7句）之分说，日语在书写和排印时，做一行完成（或有随机折行）。

本书的3、4、3、4、4句式中文译歌，做上三句、下二句两行排印，以避免文中折行，也大致合于“上句”“下句”之分说。

受能力和水平之限，本书定会有若干疏漏、不足，甚至错误之处，敬请诸位专家、读者不吝赐教！

本书完稿后，填词一首：

惜黄花慢·编译《日本近代和歌400首》后作

地转天旋，脱亚入欧事，战火连连。敕语之下，转向之外，佳歌仍在。数十年间，祸福奇正归何处？写人事，怨悱迁延；叙情言，隐思涌泉，深意别裁。

飞机大厦新鲜，讽咏花鸟貌，悄然回旋，民生苦难。小林逝去，歌出普罗，悲愤难掩。我承抗战牺牲志，冒炮火、奋勇向前，奏凯旋。九州换了新天！

其词牌《惜黄花慢》上阕末五句，用的也就是“前言”所言及的译和歌，用“词”的句式——3、4、3、4、4。下阕的末四句，也相近似之。

“言”与“意”，再俱陈于此！

姜文清

2023年2月改订于云南大学